随筆集　一私小説書きの独語

西村賢太

角川文庫
20058

目次

一　私小説書きの独語　9

一私小説書きの独語

一　はじめに

早いもので（あくまでも私にとっては、であるが）、小説を書き始めて八年になろうとしている。

私の場合、はなのスタートは同人雑誌だったが、それに参加して一年半後に商業文芸誌から声がかかるようになったので、本腰を入れての、と云う意味合いでは六年半を経《た》てたことになる。

で、その間《かん》に書いたものはと云うと、思いだせば、自分でも余りのカラ下手さにウンザリするような数十篇の駄作のみ。しかも一本の掌篇を除いて、それらはどれも甚だ時代錯誤な私小説で占められているから、我ながら自作の芸のなさを痛感せざるを得ない。

だが、どう云うわけか私は、私小説と云う古色蒼然たる小説のかたちが好きである。

二十歳の頃から、このジャンルの書き手の作のみに、異様に魅かれていた。殊に藤澤清造や葛西善蔵、田中英光、川崎長太郎の創作世界は、何やらひどく居心地が良かった。

それならば、と私小説以外の、いわゆる純文学の作家のものにも手をのばしたが、それらはどれもが全くつまらなくて、大半は一巻読み通す前に放りだしてしまった。

どうにも、私小説しか肌に合わないのである。

そんな私であれば、自分で書くとなれば当然そのジャンルに特化せざるを得ないし、戦前の昔より、「私小説」そのものに投げつけられている批判を未だ持ちだされもするにつけ、意地でもこのスタイルにしがみつき、これ一本で押し通してゆく決意を新たにさせられてしまう。

一作ごとに、実験だか冒険だかを試み、それを読者に提供することこそが作家の本懐、と心得るのは立派である。が、常に同一の主人公しか使えぬ、小説としては、本来かなり致命的な制約を受けた中でひたすらに足元のみを掘り下げると云う、まことチンケな小世界の探究も、しかし一切の逃げ場がないぶん、小説の作法としては案外にスリリングな実験と冒険の実践と云った面もないではない。

もっとも、そうした手前味噌はともかく、書き始めた頃には、〝単なる過去の私小説の型を真似ただけ〟と揶揄された拙作も、それでも同じことばかり繰り返しているうちには、僅かながらに違う見方もされるようになってきた。

馬鹿の一つ覚えも、ムキになって続けていれば確固たる芸風に昇華する、との域こそはるかに遠いが、しかしながら現在までに自分が持っている数十篇の駄作も、これで少しは人目にふれるようになってきた。

当然、それは私として、まことに望ましいかたちではある。だが一方で甚だ困惑するのは、私小説と云うことで、小説中の記述をそのまま現実にあった出来事として受け止められることである。

云うまでもなく、私小説とはノンフィクションと同義語ではない。私小説と云えど、確と〝小説〟なる語が付くとおり、これはあくまでも小説《フイクシヨン》である。当然、小説中の事実が、すべて現実の経験とイコールするものでもない。

著者インタビューなぞで、事実と虚構の割合をよく聞かれるが、その都度、私の答えはそれの比率が変わっている。

九割が実で一割が虚、或いはその全く逆を述べることもある。

だが実際のところはそんな割合なぞ、私小説の実作者にとってはあってないようなものなのだ。小説である以上、すべてのパーツに或る種のフィルターをかけるのは当たり前のことである。

ならば、そのフィルターとは一種の脚色を施すことかと云えば、それもまた、そうではない。単に事の主観性を、客観性に変じさせる濾過装置と云う程度のものにすぎない。そしてこの装置は、私の場合、その孔はひどく細い。いっぺんに大量の事物を投入すると、すぐに作動が利かなくなる。したがって一つの作に盛り込む主観的事実には、実際のところ事実であっても割愛している部分が多い。

私小説が、必ずしも作者の経験とイコールとはならぬ部分がここにある。

一つの経験を盛り込むにしても、作者が取捨したパーツのみで語ってしまえば、その経験は実際の経験とはまた異なるものにもなろう。

書かなかった部分にこそ、本来、作者が語りたかった痛みの部分もかなりある。

しかしながら、それを不要部品として、少なくともその作において排除するのは、該箇所を書くことに差しさわりを感じるからと云うわけではない。あまつさえ、出し惜しみをしているわけでも全くない。ただ単に、その作の構成上では余分な肉となるからである。

イヤ、こんな言い方をすると、何かいかにも自らを一個の小説巧者に見立てているかのようにもなるが、もっと平たく言ってしまえば、単純に半ば自身の気分的な判断によって、一篇の流れに不要と思われるエレメントを極力取り除いていると云うだけの話である。

ところで私は、これで案外に根が弱気にできてるので、小説をぶっつけ本番のかたちでは書くことができない。

中卒、正規の職歴なし、暴行事件の前科者、と云う生身の人生設計はまるで出来ぬ男のくせに、小説に関してはえらく計画的に、かつ小心に、まずシノプシスを作ることから始める習慣がついている。

　その私の一連の手順は、こうだ。

　まず、これから書こうとする話の背景となる年代の、自らの行動記憶の断片と、関係した人物をメモ帳に羅列してゆく。

　で、それを基に話の流れを塩梅しつつ、一応の起承転結のかたちを取りながら展開を組み立て、一枚の紙にこれらの場面を順々に記してゆき、もって該作の設計図とする。この時点で題名もすでに決めてしまい、その後変更になることはない。

　そしてこれを傍らに置いて、ようやく書き始める段に至るのだが、やはり、はなはノートにボールペンでもって、下書きとして記してゆく。三十行の横罫をタテに使い、一行ごとに間隔を取りつつ、一頁におおよそ六百字を書き込む。例の設計図は、書き進むうちに細かい部分で多少の変化は生じるものの、あくまでも全面的にそれに沿って書いてゆくのである。

　そしてこのあとは、原稿用紙に訂正しながらの清書となるのだが、しかしかような完成までの手順はともかく、てんから着地点を決めてしまい、そこへ向から展開までをこと細かに設定済みなこのやりかたは、私小説を含む、いわゆる純文学の作法としては案外に珍しいのではあるまいか。

むしろ、こうしたやりかたには、ムヤミと純文学を信奉する、一部の馬鹿な読者からは、〝エセ私小説書き〟とのレッテルも貼られかねないであろう。

が、私にしてみれば、こと自分の私小説については、このように設計図に則して書いてゆくのが至極当然のことなのだ。

なぜならば私小説には、先に述べたような宿疾的な制約がある。この制約を無視することを創作的実験等と勘違いし、人物や話の展開を都合よく動かしたならば、その作は最早私小説たり得なくなってしまう。

この窮屈さを閉鎖的と云うも、一種のマゾヒズムと云うも自由である。或いは、一個の形式美と讃美して云うも、これまた勝手な話だ。

ただ少なくとも私は、かような自己規制を伴う、古風だが誤魔化しの利かない小説のかたちに人一倍の魅力とやりがいを感じ続けているのである。

で、しばらく『野性時代』誌には、何やら門扉を閉ざされる憂目に遭っていたが、この度その禁が解け、久方ぶりに書かしてもらえる次第となったのを機に、これまで自らの私小説中では触れなかった部分——主人公である私の分身の経験中で、あえて外していた事実について、思いつくままに記していこうかとおもう。

その初手となると、やはり鶯谷の町が、すぐ浮かぶ。

ここが私、及び作中主人公の、いわば人格形成後の原点と云うべき地でもあるからだ。

二 最初の宿

それまでに——中学を卒えた満十五歳時までに、私は都合三箇所の町に住んでいた。

即ち生まれ育った江戸川区と、父親が猥褻事件を起こしたが為に、夜逃げ同然のかたちで辿り着くことになった船橋市、そして更にそこから移っての、都下町田市とである。

とは云え、これらはすべてが親の意向なり都合なりで住む羽目になった地であって、当然、私に何んらの選択権があったわけではない。

これは全くもって当たり前の話だが、一切合財親がかりとならざるを得ない年齢までは、私もご多分に洩れず、何んの意味があってその地にいるのか疑問も持たぬまま、ただ肉親からの庇護のもと、何不自由なく過ごしていたものだった。

イヤ、何不自由なく、と云っては、ちと正確ではないかもしれぬ。殊に中学二、三年時における小遣い銭の渇望感は、我ながら浅ましい程に激しいものがあった。

その時分、母親は刑務所に送られた父親とすぐさま離婚し、一応財産分与なぞ云うのもあったと思うが、しかしそれも、諸々の後始末の費用のあとでは幾らも残らなかったかもしれぬ。家業は祖父の代から零細の運送店を営んでいたが、おそらくは少なからぬ額の借金もあったはずだ。

それかあらぬか、私たちが移り住んだのはいずれもアパートに毛の生えた程度のところだったし、母親はすぐとパート勤めも始めていた。

で、その頃は横浜市神奈川区内の、大型スーパー内に入った子供服メーカーで働いていた母親は、なぜかそこで店長の役目なぞ務めていたが、所詮はパート社員のこと故、給料なぞはおよそ多寡の知れたものであったろう。

だから高校生だった姉へは五千円、私には三割減の三千五百円と云うのが、月に渡せる小遣い銭として精一杯のものだったと云うことは理解できるものの、しかしたったそれっぽっちでは、一回、伊勢佐木町まで三本立ての映画を観にゆき、ジュースを飲んで立ち食いそばを食べ、ここぞとばかりに煙草を隠れ吸えば、それで半分程は一気に費消されてしまう。

なので苦肉の策として、私は平生の学校での昼食は、思いきって割愛する習慣をつけていた。通っていた中学校では弁当持参が決まりだったが、無論、それは手作り弁当でなくともかまわなく、家からの持参であれば菓子パンなぞを持っていっても良い。

それまでは、朝食と同じものをゴッタに詰め込んだ弁当箱を持たされ家を出ていた私も、家からの弁当は恥ずかしい、とか、友達は皆、通学途中にパンを買ってきて食べてるから仲間外れにされる、とか、その種の理由をヒステリックに並べ立て、これを反抗期特有の心情と見做してすんなり認めた母親から、日にパンと飲み物代の、計三百円也をせしめ得ていた。

で、これをパンなぞ購《もと》めず、まるまる自分の小遣いにしてしまうのである。その頃はスポーツも一切やっていなかったし、放課後に友人と遊ぶと云うこともなかったので、すきっ腹を抱えて帰宅すると、何よりもまず、家にあるサッポロ一番なぞを貪り食うのが私の習いだった。

そしてうまいことに、母は文庫本を買うお金だけは、月の小遣いとは別に大抵の場合に出してくれたので、角川文庫の横溝正史や乱歩、高木彬光、大藪春彦なぞを次々と買入しては読み耽り、読書慾だけは、自腹を切らずにみたすことができていた。

更に、曩時《のうじ》は昼食を抜くのと並行して、母が夜に風呂へ入っている隙に、その財布から百円玉を盗む所業をしばしば行ないもし、これらを合計すれば、月に一万二千円近くの額を手にすることができたから、先の何不自由なく、と云うのも或る意味ではまるで正鵠を射ているかたちになるやも知れぬが、一方では、それだけをまとめて得る為には、今述べたようなそれなりの努力が必要だったわけである。

だからように中学を卒業して、初めて単身住むことになった鶯谷は、いわば私が自分の意志でもって最初に選んだ町ではあった。

しかし、なぜ鶯谷だったのか。

実のところ、はな私は山手線内で最も家賃が安いと思われる、西日暮里辺に当たりをつけていたのである。昭和五十八年の当時は、まだネットなぞも普及していなかったから、家賃相場は足でもって実地検分しなければ判りようもない。が、そこは生まれついての東京人の、生活のカン（と云うか、単なるイメージ）で、あの辺りは多分に安かろうとの狙いをつけたわけである。

中央線沿線や世田谷辺の、つまりは地方からやってきた田舎者が好んで居住する地域には、てんから目もくれなかった。

何せ、西日暮里は一寸歩けばすぐと文京区に入る。小さい頃から日本ハムファイターズびいきだった私には、頻々と通っていた後楽園球場が在する〝文京区〟へは、元来、一種の郷愁と云ったものも感じていた。

そんな私であれば、これは調べるまでもなく、総じて家賃の高いことが一般常識的な文京区には到底住めようはずはないにせよ、その駅を挟んだ向かい側でありながら、荒川区であるが為に相場も下がる西日暮里に目を付けたのは、これは当然と云えば当然な流れでもあった。

しかし、そのときは空室状況の間《ま》が悪かったとみえ、界隈に手頃な——私の求めている、月一万円以下の室料の部屋と云うのが全く見当たらず、どんどん歩いているうちには日暮里をも過ぎ、いつか鶯谷までやってきてしまったと云う次第ではあった。

このとき見つけた部屋は、鶯谷の、日暮里寄りのラブホテル群の中に埋没したような、木造アパートの三畳間である。家主の住居横の、ガレージの奥に玄関が在し、上下階で、あわせて十二部屋程もあっただろうか。

便所は無論のこと、流し台も共同で、蛇口とガスコンロはそれぞれ一つきりしか設置されていなかった。

私の一階角部屋は、窓を開けると目の前に隣りのラブホテルの外壁が立ちふさがり、その日の天気の塩梅すらも確とはわからない。

当然、昼間から裸電球をつけ続けねばならない環境で賃料八千円と云うのは、さしも一人暮し初心者だった私からみても、これは甚しく高額な気がした。

のちに私は、この部屋に住み始めた際のことを極く初期の拙作で書いたとき、月の賃料は九千円と記している。これは八千円とすると、いかにも想像の産物っぽくなりそうなのを嫌った為だったが、今思うとそれは全く無意味なことで、八千円を九千円と記したところで、何んらリアリティーが増すわけでもない。だが、はな九千円と書いてしまった為、以降の他の作では初手の設定金額と実際の金額がごっちゃになってしまい、その都度単行本のゲラ時に整合せざるを得ない羽目となった。意味のない小細工をやってしまったものである。

とは云え、当時でも世間一般の感覚からすれば、八千円なぞと云う家賃はあり得ぬ程のズバ抜けた安価であり、該金額に見合った部屋として、このアパート全体のたたずまいは、それも至極妥当なものではあったろう。

そしてかような掃き溜めみたいなところにも、各部屋にはすべて住人が在していたのである。

その居住者を、全員を全員ハッキリと見たわけではないが、夜間、共同玄関の三《た》和土《たき》には靴が隙間なくぬぎ散らかされていて、朝、外に出かけようとすると、隅っこに揃えて置いておいた私のズック靴は、しばしば各足がバラバラの方向に引っくり返されていたものだった。

三　一つきりの選択肢

しかしそんな宿でも、私にとっては初めての一人暮しの出発点である以上、城と云えば、まぎれもなく城ではあった。

おうべらぼうに狭くて薄汚ない城もあったものだが、それでも当初のうちは、妙な充足感にも包まれた。

この部屋を借りる為の初期費用は、敷金、礼金、手数料、それに前家賃が一箇月分ずつの、計三万二千円。

当然、そのお金は母から出してもらっていた。拙作中の私の分身、北町貫多は気の小さい陰弁慶で、それ故に身内に対してだけは滅法強く、母親の虎の子の貯金を強奪してきて、この部屋を借りることになっているが、実際の私は事前に母にはちゃんと相談し、自活の為の元手として十万円を頂くかたちになっていた。だから貫多のように、別段家を飛びだしてきたと云うわけではない。出立《しゅったつ》当日の朝は、母に玄関先まで見送って貰っていた程だ。

それにしても——そのときの宿の大家にしろ、仲介の不動産業者にしろ、よくも私のような者に部屋を紹介し、また契約もしてくれたものだと思う。

何しろ、当時のこちらは満年齢では十五歳、勤め先もまだ決まっていない状態で、親の同意書一枚持参せずに立ち現われた、殆ど子供同然の者である。

今、常識的に考えれば、とてもではないが部屋なぞ借りられるだけの条件を見事なくらいに備えていないのだ。

だが、その宿は保証人こそ必要だったが、それも母の名と町田の住所を書き込み、三文判を一つつけば、何んら問題もなかった。

鷹揚と云えば鷹揚、いい加減と云えば実にいい加減なもので、これをすべてその土地柄や、部屋のレベルランクによるものとの理由ばかりには帰せまいが、しかし現在ではどんな劣悪な環境のところでも、こうまで容易くことは進まぬに違いない。

で、そんなにして借りたわが城に、私はまず毛布を購《もと》めて運び入れた。

本当は布団を買いたいところだったが、上下の揃いで八千円（一箇月の賃料と同額）もするとあっては、これはどうでも躊躇せざるを得ない。何ぶんにも、母から貰ったお金は十万円きりだったし、すでにその内から先の三万二千円を使ってしまっている。

それで恰度季節も春であり、これから暑くなる一方でもあることから、とりあえず、しばらくは千円で買い込んだ毛布一枚を、夜具のかわりとすることにした。

そして家財道具と云えば、これだけのものであった。

あとは家から持って出た、身の廻りの品と衣類が数点、愛着ある文庫本百冊（紙袋に詰め、三度に分けて電車で運んだ）程が全財産だったが、たったそれだけの文庫本を室《しつ》の隅に積んでみたら、何やら俄かにその三畳間が窮屈に感じられたのには、大いに苦笑させられたものである。

三方の、ところどころに黄褐色のシミが浮いてる煤けた壁面が、何か侘しい程に殺風景な印象だったので、ここにはポスターを一枚、画鋲で貼りつけることにした。

と云っても、女性アイドルやポルノ女優の、その手のものではない。

やはり家から持参してきていた、横溝正史のポスターである。

もっと厳密に云えば、これは角川文庫の横溝作品、数十点のカバー画を並べて一面の図柄としたところの、極めて風変わりなポスターのことである。

当時、と云うか、それより遡ること数年前の横溝大ブームの折には、かような妙なポスターが商品として市販されていた(角川書店の刊行物ではなかったが)。

小学五年時からの熱烈な横溝ファンだった私は、中学生の頃にこれを古書の通販で手に入れて得々と自室に掲げていたが、云わずと知れた、あのどぎついまでに不気味な絵柄だけに、母や姉にはえらく不評であり、再三はがすように文句をつけられていたものである(このポスターは、その後転室を重ねている間にいつか紛失してしまって、以来、二度入手する機会には恵まれない。数年前、拙作の最初の文庫本の出ることが決まったときには、私は僭越にもカバー画を、この横溝文庫の装幀をほぼ手がけた杉本一文氏にお願いしたい旨を申し出た。そして初めてご本人にお会いした際、氏のカバー画をそのまま図柄とした、映画『悪魔の手毬唄』のサントラ盤LPのジャケットにサインを求めてしまったのだが、しかし本当ならば、かのポスターにも、氏のサインを頂きたいところではあった)。

で、これで居室の彩りも整え終えた私は、次には早速仕事を探し始める次第にもなった。

だがこれも今思うと、何か、はなの手順がおかしかったような気がする。

本来なら、まず給金を貰える仕事ありきの住居探しであろうし、そも中卒で社会にまかり出るつもりならば、卒業時に就職先ぐらいは決まっているのが、ごく当たり前の話でもあろう。

けれど私は、往時のいわゆる受験戦争、学歴偏重志向が最高潮に達していたそのご時世に、結句《けっく》中学卒きりの学歴しか得られなかったぐらいだから、元々の根自体が、これでなかなかの落ちこぼれにできていた。

それもただの落ちこぼれならば、まだしも廻りから救いの手を差し延べられることもあろうが、私の場合は、義務教育の担任教諭すらもまともに進路相談の席を設けようとしなかった程の、極めて反抗的な劣等生であった。

だから当初より、望むと望まざるとにかかわらず、こちらの選択肢はアルバイト業一点に限られていたのだが、これには私の方で或る誤算が生じることとなっていた。

イヤ、誤算と云うよりは、単に余りにも無知であったと云うべきなのであろう。

アルバイトでの勤め先くらいは、この世に幾らでもあろうとタカをくっていたのが大間違いで、イザ実際に自身で探す段になると、この満年齢と学歴ではどこも資格対象外となる扱いであった。新聞配達や寿司屋の見習いでさえ、学校からの口利きがなければ到底雇い入れてはもらえぬ現実を、この期に及んで初めて知る次第となったのである。

その私が、初めて就くことの叶った仕事先は荒川区内の運送会社だった。

トラックの助手だから、ひとまず運転免許は不要である。日当は四千円と、その頃でもかなりの低賃金ながら、求人情報誌の募集要項に〝十六歳以上〟と謳っていたのは、そのときはそこしかなかった。

もっとも、ここは一日行ったきりで、無断でやめることと相成った。

運送業と云うわりには、いきなり何かの廃材置場に向かい、荷台に釘の付いた戸板等を目一杯に積み込むと、その種の捨て場へ行って投棄し、また同じところに戻って積み込むと云う内容の繰り返しで、この作業自体はさして苦にもならなかったが、しかし帰りがけの事務所で、日当を日払いで貰う打診を断わられたのが癪にさわったのである。

この仕事に出るまでに、私の当初の十万円の有り金は半額以下に減っていた。なのでここには、採用されて働きだした時点で、本来月払いの給料を日毎《ひごと》の払いに変更してもらおうとの図々しい考えを、てんからふとこっていたのだったが、これを見事に拒絶されてしまった。

だがそうなると、こちらの所持金では一箇月先の給料日まではとてもではないが暮らせやしない。

で、仕方なく翌日から黙って行かなくなったが、そんな辞めかたをしたものだから、一日分の日当も、そのまま取りっぱぐれてしまった。

余りにも無計画な話だが、もとより当時の私は、今日び中学しか出なかった愚行も含めてその道行きには、どこまでも行きあたりばったりの考えしか持ち合わせがなかった。

四　人足の門

そしてこの無計画さは、手持ちの所持金についても全くに同様であった。

元がたかだか十万円では、そのうちからアパートの部屋を借りる費用を出してしまえば、残りの額なぞ知れたものである。

そんなのは、もののひと月も経たぬうちに費消されることは、いかな劣等生の頭でもすぐと気付きそうな話だったが、しかし当時の私は、そこにはまるで思いが巡らなかった。たとえ多寡の知れた額でも、まだ一回の夕食には充分すぎるものを喫することができる。

私はこれを毎回繰り返していた。何しろ、どれだけの品数を食おうと自由である。誰も止める者はいない。

鶯谷の北口駅前に在する、二十四時間営業の飲み屋兼食堂では、最初のうちこそ二百五十円の牛飯とか百七十円のたぬきそばを一つ誂える程度だったが、少し店の雰囲気にも慣れてくると最早遠慮も消え失せた。麺類と丼もの、それに一品料理の炒め物と揚げ物をいっときに注文し、やがてそこには一本のビールなぞも添えるようになっていった。

つまり一回の晩飯に、毎度千五百円程もかける贅沢を覚えてしまったのである。今から二十八年前の一食千五百円だから、これはなかなかに奢汰《しゃた》な話であったはずである。

ビールを付ける、と云うのは、これは単なる子供らしい粋がった気持ちからのものであり、はなは大ビン一本取っても、それをまるで持て余していた。

元来が私の両親は、アルコール類を一滴も受けつけぬ質であり、私自身の体質も間違いなくこの遺伝の下にある。が、それだからこそ、無理にもこれを克服したかった。

なので無理に飲み干して、店を出たのちすぐに吐くと云う愚もしばしば繰り返していたが、そのうちビールは一本から二本に増え、更にコップ酒やウーロンハイを追加するようにもなって本格的に酒を飲み始めるに至ったのも、この鶯谷の店での修行からのことである。

が、それは少しのちのこととして、当初はそのようなメニューで毎晩有頂天になっていたが、所詮一人暮しと云うものは、便所の紙一枚使うにも確実に金がかかるのである。ただささえ残り少なの所持金が、こんなにしていれば一食ごとに激しく目減りしてゆくのは当然至極な結果であった。

で、残金五千円を割りそうな辺りで、ようやく私も現実を直視した。

それが為、仕方なくまた仕事を探す気が起こったのだが、しかし有り金がそのような状況では、最早手っ取り早く稼げる職種にのみ、その的を絞らざるもを得ない。畢竟《ひっきょう》その条件を満たすのは、日雇い形式——即ち賃金を日払いでくれることを前提とした、その手の業種一つしかないことになる。

当時この業種で、求人雑誌において随時募集をかけているものには二種類があった。

引っ越し業と港湾荷役とである。

ともに日当は似たかよったかのものだったが、イメージとしては後者の方が、仕事の内容にえらくキツそうなものがある。

だが、そのほうは「年齢不問」を謳っており、片や、何かしら人間臭と云うか生活臭も感じられる、つまりはなろうことならこちらに就きたい前者の方は、悲しいかな十八歳以上がその応募の条件だった。

なれば、どこまでも此方からの選択肢を持てぬ身の、私がゆく道はもう決まってしまっている。

覚悟を固めて〝人足の門〟を潜ることと相成った。

ところが、はな恐る恐る足を踏み入れたその世界は、これはこれで案外に私には居心地が良かった。

確かに、三十キロ程の板状に冷凍されたタコやイカの塊まりを、朝から晩まで延々と積み換えてゆくだけの作業は重労働と云えばかなりの重労働だし、またこれの単調さは、『死の家の記録』の一挿話ではないが、何やら発狂を誘発せんばかりの精神的苦痛も伴っていた。が、逆にそれだけに、一切頭を使わぬと云う点では結構私の質には合っていたような面もある。

何より、必ずしも毎日の出勤の義務を押しつけられることのない点が、私のように根が怠惰にできてる人間には滅法ありがたかった。

前日に出勤登録の為の電話を入れ、一人分の予定を組んでもらっていても、当日になってこちらの気が変わり、不参をきめ込んだところで咎められることは一切ない。自分が稼げないだけの話である。

また出勤した日の夕方に、担当者に面と向かって明日の連続稼働の約束をした上で、結句《けっく》無断欠勤に及んだとしても同じこと。それでもう、次回からの登録を断わられるペナルティーもないのである。

まこと気楽と云えば、こんなに気楽なアルバイトもそうはない。

なので、この気楽なシステムに、根がふやけ根性の私は手もなくすっぽり嵌まり込むかたちとなった。

つまり社会生活の初手からして、継続した仕事は遠ざけつつ、とりあえずその日一日だけを暮せる金が得られればそれで良し、と思うようになってしまったのである。

そこで得られる賃金とは、これも甚だ志の低い安価さだった。

バブル前夜のその時分、この賃金は一日四千五百円程度のものであり、これに昼食として支給される仕出しの弁当代二百五十円を天引きされ、往復の電車賃を費ってしまえば、実質四千円をも切ってしまう（その後、この種の仕事の日当はどんどんハネ上がり、他の荷役会社での経験も含めてのことだが、またたく間に六千円、八千円と一足跳びの上昇を経た挙句、二十四、五歳時で人足業と訣別する頃には、その単価も一万二千円ぐらいまでになっていた）。

が、とあれそれだけあれば、先にも云ったように晩飯を鱈腹食い、酒の修行もおこなえる。その頃はすでに日々二箱のハイライトを必要としていたが、これも余裕で購《もと》めることができた。

もとより、私は無趣味な方でもある。

引き続き、文庫本で日本の探偵小説を読み続けていたが、娯楽と云えばこれだけで充分であった。

古書店の均一台で、三冊百円の文庫本をよく買った。横溝正史の文中にしばしば出てくる、雑誌『新青年』の現物見たさがきっかけで、神田の古書店街もすでに中学二年時より歩き廻っていた。

人足仕事に赴かない日は、午後から神保町へ徒歩でゆき、一冊三百円の旧『宝石』や『幻影城』等の古雑誌をつまんでくるのが恒例になった。現在では軒並み四万、五万の値が付けられている、朝山蜻一や大河内常平、宮野村子、鷲尾三郎、楠田匡介等の著書が、往時はまだ五百円とか七百円で手に入れることができ、ちょっと飯代を抑えたときはこれらを購めて、深更アパートの一室で飽かずにひねくり廻していた。

とは云え、買った直後にまた売る羽目に陥るのが常だったから、当時入手した現物は、今は全く手元に残ってはいないものの、それでもこのうちの朝山、大河内の二作家に関しては、すっかりその作に魅了されてしまったので、その後ポツポツ買い直したりして、結句現在の私の書架には殆どの著書が再び揃っている。

こうした古本趣味も、私の場合はこの十五、六歳時のときから芽生えていたものだった。

しかし無論、芽生えていたのはその方面のみに限っていたわけではない。

当然、女体に対する思いは灼けつかんばかりのものがあった。一日も早く、我がマラを然るべきところに突き込む行為を成し遂げたくて、ジリジリとしていた。

五　意地の買淫

そもそも一人暮しを始めるにあたり、私がまず何よりもの敢行の目標に掲げたのが、その〝女体を知る〟ことであった。

これは無論、心身の興味と希求の、この二つの必然的な衝動に突き動かされてのことだったが、もう一つ、私の場合には一日も早くそれを知らなければならない理由と云うものがあった。

何しろのことに、私は中卒である。八十年代初期の、もっとも学歴重視の風潮が昂まっていた頃の中卒である。

中学三年期のその往時、私が進学をせぬことを知ったクラス内においては、すでにこの時点にしての人生の落伍者、一生の土方確定、等の陰口を叩かれ、嗤われてきた身ではある。

成程、一面ではその陰口も正鵠を射ていた。他の中卒者がどうかは一切知らぬが、少なくとも私の場合においては、その陰口は見事に的中度百パーセントの予言そのものになってしまっていた。

だが私たる者、それならばせめてのことに、女体ぐらいは進学した同級生よりも早く知りたかった。

落伍者の刻印を押されるのも、それは所詮、どこまでも自業自得の故に致し方もないが、しかしそうして数年早く社会に飛びでた以上は、せめてその分、女体だけは彼らより先に知っておかなければ、どうにも意地が立たなかったのである。

それだから私は、人足の門を潜った直後より、一方ではとにかくその資金を貯めることに焦っていた。

当然、ロハで行為に及べる〝恋人〟なぞ、望むべくもない状況だったから（但《ただし》、その頃の私は、現在の容貌、体型からは想像もつかぬ、極めて人間並みのものを持ってはいたのだが……）、勢い、初手からして、筆おろしの敢行先と目した場所は決まっている。

その前より、何んとなく得ていた知識上では、いったいにかような場所ではサービス料に加えて入浴料と云うのもかかり、それでも安いところでは都合一万五千円もあれば事足りるとのこと。

つまりその頃の自室賃料の約二倍であり、三日続けて人足仕事に出たところで、まだ少し届かぬと云う、これはなかなかの高額である。

なので気は焦っていたものの、肝心の金がなかった為に、その目論見は容易く実行には移せずにいた。

ところで現在でもそうだが、その当時も、またそれよりのずっと以前も、鶯谷と云う町は、一種、街娼のメッカでもある。

ホテル街の路地には夜ともなれば、角ごとに一人二人のその種の者が立っており、通りすがる度にいちいち声をかけられたが、実のところ、はなはこれに、余程安ければ……との気の迷いも生じたものであった。

だが如何せん、それらの者は私の母親とあまり変わらぬ年恰好をしており、基本これだけでもうダメではあるが、それ以上にかの者たちの容貌と云うのが、失礼ながらどこか怪物じみた、もの凄い印象を放っているのが殆どだった。

もっともそうした気の迷いの発生は、主として駅前の、例の食堂で安酒を飲んで酔っ払ったときのみに限られていたが、或る夜には、その状態で自分の方から積極的にかの怪物連に近付いてゆき、試しに値段を尋ねてみたものだった。

すると、意外にも一万五千円だと云うのに一驚し、これにホテル代が別途かかるとの更なる言に、些か呆れもした。

誰が一万五千円にホテル代までつけて、こんな気色の悪いババアを抱くものか、と、軽ろき怒りさえもおぼえた。

が、反面では、それならば同額でことを済ませられる、まだ見ぬ憧れの店の女性なぞもこれらと同じ一万五千円である以上、やはり容姿のレベルと云うのはこの者たちと同等なのではなかろうか、との不安も頭をよぎる。

しかし幸いにして、それはまったくの杞憂であった。

そうだ。それは実際、ありがたい程の単なる杞憂であった。

募る欲求に耐えかねて、私としては珍しく飲み食いの費用を抑え、ようよう赴くことが叶ったその合法店の、我が人生初となる相手の女性は、まこと普通レベルの、ごく当たり前な容姿の持ち主であった。

この、極めて普通な感じと云うのが、実こそ私にとっては一番にありがたいことなのである。

それまでは、こうしたいわゆる風俗業の女性に対しては幾分勝手なイメージを押しつけていた。

これは、その頃の映画やテレビでよく描かれているような姿を、そのままに重ね合わせていた故もあろう。

何かその種の職の女性と云えば、えらく荒《すさ》んだ様子の疲弊感漂うタイプや、ケバい化粧をほどこした、カーリーヘアーの場末の安ホステスみたいな中年女のみを想像していた。しかし、たとえそのイメージ通りでも、先の街娼連よりかははるかにマシだとの思いで臨んでみた面もあった。

だが、実際に目の当たりにすることとなった相手の女性は、年こそどうやら三十は過ぎていたかと思われるが、その風情は、全くそこらの工場でもってパート勤めでもしていそうな感じでもある。

それだから、と云うと些か妙な話にもなるが、少なくともこれに私が或る意味で安堵感めいたものを覚えたことは事実だった。

またそれが為、ヘンに構えることなく、ただひたすらに、初女体への甘美な緊張と興奮の坩堝に身をゆだね、それに快く呑み込まれることも叶ったのである。

そしてこれに、私はすっかり有頂天となってしまった。

この世に、こんな気持ち良い行為が二つとあろうかとの蒙を啓かれ、覚えたてにして、すでに病みつきの気配すら濃厚となった。

いったいに私は、十代の頃は大抵二十代に見られていたので、先方も何ら怯むことなく規定のサービスをくりひろげてくれたが、この技の数々には驚愕と歓喜の一方で、正直滑稽な感じも抱いた。

無論、相手に対してではなく、自らの側に対してである。

先方が股間の、綺麗に刈りそろえた剛毛をスポンジ（タワシ、と云うべきか）代わりにし、ヌルヌルのマット上でウナギみたくこちらの全身をぬたくっているのは、快感と云えば快感であった。

が、それ以上に、これに目をトロンとさせ、先様の「もっと体の力を抜いて」なぞ云う、絶えずの囁きともども甘受している自分のその情けない姿を客観的に想像すると、ついつい笑いっぱなしにもなってしまった。

だから私が感動し、有頂天になったのは、やはりそれらのテクニカルなサービスに対してではなく、あくまでも挿入に至ってからのことである。

これをもってしても、今も私が風俗と云えば、それはどこまでも本番一辺倒である頑なな志向は、この初手の時点からして如実にあらわれていた。

で、これは六月下旬の頃だったから、七月が誕生日の私は、何んとか満年齢十五のうちに、私を見下し、嘲笑を加えた同級生に先んじて女体を知ることができたのである。

馬鹿な話だが、当時の私にこの事実は、かなりの矜恃の立脚点となり得ていた。

その無意味さ——またこれが同年代の身近な相手ではなかった虚しさに気付くのは、それから二年程の後、そろそろそうした同級生も高校を卒業し、私との更なる差を開いていった頃のことであった。

六　家賃に払う金はなし

さてそんなにして、とあれ念願だった女体を知ることはできたが、先にもちょっと云った通り、これに私は早くも病みつきとなってしまった。元来が、人一倍好色にできた質である。そして元来が、マスをかきたいとの理由のみで、学校をもちょくちょく休んでいたような質である。そんな痴漢が生身の女性を知ったなら、これに手もなく没入体勢に傾いてゆくのは、いわば必然の結果でもあった。

だが一方で、これも当然のことに、私は自分の父親が性犯罪者だと云う事実を片時も忘れたことはなかった。性への希求が突き上がってくる度、いったいに根が単純にできてるが故、これに資質面での遺伝の恐れも感じていた。

が、それでいながら、私はその恐れも取り込んでの暴力的な感情でもって、敢然とマスをかき散らかすのである。

父親の犯した罪を充分意識した上で、ときにはヌードグラビアの美女を、そしてときには同級生だった女子の幾人かを、空想の中で思うさま強姦の餌食にかけてやるのだった。

無論、それは到底実行には移せ得ぬ夢想である。すでに何度も述べている通り、私は根がいたって小心な臆病者だ。実際には強姦なぞ云う手荒な行為は、怖くてとても出来っこない。しかもその怖いと云うのも、捕まって刑務所に入れられる流れのみを指していると云う、甚だ卑劣極まるカテゴリー中の臆病者である。

だがそれだからこそ、かの夢想はやめられなかった。

むしろ、これによって現実のウサを晴らしているかのような一面もあった。

何しろ社会に出たはいいが、ただでさえ徒手空拳のくせに全くの無計画さで、おおかたの予想通り、すでに人足の門をくぐってしまったわが身である。

そしてその、日当日払いの世界の悪循環に、早くも嵌まりつつある不甲斐なきわが身でもある。

確たる将来へのビジョンもないが、そこへ繋がる一筋の、何かしらの光明も見出せぬ現況に、甘な男の常として私はひどく理不尽なものを感じていた。

しかしながら、その焦りと苛立ちを、何んら好転へのバネにすることもなく、ただ鬱屈してゆくのみなのが、所詮は私と云う男である。そして滅法変態的な妄想で、いっときのウサを散じるのが私と云う男なのである。

もっともその時分には、すっかりやたけた心境にも陥っていた私は、最早何ごとにつけ、出たとこ勝負の流儀にもなっていた。

イヤ、そうした言いかたをしては、些か恰好が良すぎてしまう。もっと正確に云おうなら、これは根が計算高くできてるだけに、この上自分に負担がかかることは極力排するべく心がけることにしていた、とでも称すべきである。

それなので、月々の家賃を支払うと云うことについては、まずイの一番に念頭から消え去った。

たとえ月額八千円でも、一日乃至《ないし》二日おきに出かけるその人足の日当でこの額を揃えるのは、やはり容易な業ではない。

ただでさえ飯を食い、安酒を飲んで煙草を買ったら、あとはもう幾らも残らぬ日銭である。かつ、それに加えて、今度は女体を定期的に購《もと》める為の、積み立て貯金もしていかなければならない。

とてもではないが、あんな日も射さぬ、ブヨついた腐れ畳の乞食小屋に対し、家賃として支払う金なぞありようはずがないのである。

そもそもが、すでにして前月分の払いは滞っていた。その室を借りたのは三月中旬だったが、その際に四月分までは前家賃として払い込んでいる。

実のところ、私としてはもうこれだけで、このボロ部屋にはこちらが見切りをつけるまで、ロハで棲み続けていい権利を得たような気持ちになっていた。

今も云ったように、この宿には毎月八千円も取るだけの、いっぱしのアパート面《ツラ》する資格なんてありはしないのだ。

それでも五月分は少し遅れはしたものの、結句《けっく》支払うかたちになった。借りてひと月後くらいのことでは、まだこちらの悪度胸も固まっていなかったのである。

だから滞納を始めたのは、六月分からと云う次第になる。本来なら五月末に、隣接する家主宅へ持参する約になっていたものを、まるで打捨《うっちゃ》ってしまっておいた。で、先方からはまったく督促もなかったのだから、今考えると何んとも鷹揚な話である。

しかしこの点については、のちに滞納常習者となる私が云うのも何んだが、殊更その鶯谷の家主一人に限ったものではなかった。

往時は一箇月二箇月室料を払わなかったところで、これをやかましく取り立ててくるような、しみったれた家主と云うのは私の知る限りではいなかった。中に一人だけ、一箇月目の払いが一日遅れただけで、なりふり構わずに怒鳴り込んで来た老家主もいたにはいたが、後述するこのケースが、私の場合は例外中の例外となった程に、当時はその辺りについては実にゆるいところが多かった。

思えば、私が悪質な滞納常習となった嚆矢《こうし》が、この鶯谷の宿と云うことにもなる。

かの家主は七十は越えていそうな年配だったが、連れ合いの老婆ともども、いかにも江戸っ子風のいなせな雰囲気があった。朝とか夕方にうっかり顔を合わせても、普通に挨拶をするだけで、その時点では家賃のやの字も口には出してこなかった。

が、そうなれば些か気が大きくなるのが、私の悪い癖である。

先様がまだ何も言わないのをいいことに、そのまま入金はしらばっくれて、やがて六月も末になり、今度は七月分を入れなければならぬ段になっても、依然それを放っておいたのである。

だが、そんなにしても稼いだ日銭は、思うように女体を買う軍資金とはなり得なかった。何しろ、日当はたったの四千五百円である。

それでも、毎日人足仕事に出かけていたなら、これは自然と僅かながらの余裕も生じたのであろうが、如何せん、私は中卒の野良犬のわりには、そのイメージに見合うだけの根性と云うものがないのである。

かの港湾労働は作業内容がきつ過ぎて、とてもではないが毎日出てゆく気はしなかった。

せいぜいが一日おきだから、金に余分なんぞ生まれるわけがないのである。

なので、その頃には仕方なく、町田に在する母親に、しばしば金の無心を行なっていた。母とてパート勤務の、かつかつの生活ではあったが、私は月に数回は、封書で一万円前後の現金を送らせていた。その際の懇願は、半ば恫喝まじりのものでもあった。

その私が、二度目に生身の女体に接した資金は、実こそこの母の送金による賜物である。

が、さすが厚顔な私もこれは余りいい気分がしなかったので、とあれ日雇いに出た日はその都度日当から千円だけとっておくと云うソープランド貯金を、爾後はより強固なものにすることを決意したものだ。

そして、そうこうしているうちに七月も終わって、この時点で室の滞納額はまるまる三箇月分となり、この辺からようやく家主による督促も始まることとなったのである。

七　無駄足を強いる

だが実際のところ、先様のその督促は当初は極めて人の良い——と云っては妙だが、全く紳士的な口吻と物腰によるものではあった。

いずれの場合も先方から、夜にこちらが在室している頃を見はからってやってくるのだが、その払いについて現在すぐとは用意できぬ旨を告げ、そして申し訳なさそうに項垂《うなだ》れてみせれば、それで実にあっさりと引き下がってくれるのである。

考えてみれば、そのときの私は、こうした支払うべきものを支払わぬが故の督促を受けるのは、初めての経験だったはずである。

本来ならば、うっかりとかような事態を引き起こし、それが自力でどうにもできないのなら、すぐさま親元に連絡してとりあえずの用立てをしてもらうぐらいの誠意は、先方に対し見せてしかるべきところであろう。

が、私の場合は先にも云ったように、その親元からは少なからぬ額を、すでにしてちょいちょいと無心してしまっている。

で、加えて私の場合、その無心ははなから生活費と遊興費の為のものだから、もとより家賃の方へは廻せるわけがなかったし、せいぜいが十数万円程度の母のパートの給金では、ここに更なる滞納分の融通なぞ望めようはずもないのであった。

したがって滞納初心者であるところの私も、これは段々にして、無い袖は振れぬ、との悪度胸をごく自然に固めることができていったし、また先方の緩さも緩さだったので、いきおい焦りや良心の呵責めいたものも、さほど感じることはなかったのである。

とは云え、無論それだからと云って家主も室料の徴収を完全に放棄したわけではないなく、週に一、二度は部屋までのこのことやってくる。

が、やはりしょげた素振りで口先だけの詫び言を述べてやれば、恰もそれでとりあえずの気が済んだみたいにして、すぐに帰っていってくれるのだ。

云うまでもなく、その部屋は室内と共用廊下との間を薄い引き戸で仕切っただけの簡素な造りであったから、鍵なぞ云うものはてんから付いてはいない。

外からは南京錠をかけ、内部よりはフックを留め金に引っかけるだけのものだから、こちらの在室の有無と云うのは一目で分かってしまう。

即ち、外から見て南京錠がかかっていなければ、当然中なる三畳間には、この私が汗だくで寝転がっていると云う寸法である。

実際、この三畳間の暑さときたら、これは何んとも酷いものだった。

じっと身を横たえているだけでも、じくじく汗が噴き出てくるのは、一つは室内に扇風機がない理由によるものでもあるが、もう一つは窓を開け放っても、すぐ鼻の先には隣りのラブホテルの壁が立ちふさがっている為に、そよとの風が吹き込んでこない故でもある。更には昼間でも必要とする照明器具と云うのが、例の裸電球である為に、これが因の放熱も全くバカにはならなかった。

室内にいるだけでも、事程さように汗をかけば、それは天然自然とノドも渇いてこよう。

しかし、コンビニで購《もと》めてきた、冷え冷えの一リットルの紙パック入りジュースは、室内に置けばものの二十分程でひなた水みたいな生ぬるさに変じ、ただ甘ったるさだけが際立ってしまい、飲めば飲む程、余計とノドが渇くのである。

今思うと、よくその時期、あの部屋で眠れていたものである。

現在、と云うか、かれこれ十七、八年前より、すでに私はクーラーのある部屋に住み、夏場は寝室の温度を十七度に保って布団を被り、熱帯夜知らずの安眠の日々を得続けている。今はもう、あの頃の生活スタイルには到底戻れない。

知人の中にはナチュラル志向、とでも云うのか、真夏でもクーラーをつけずに寝に就くと云う者がいる。

それで眠れるのか、と問えば、慣れればなんてことはない、なぞうそぶいてもいたが、これは確かにその通りなのである。実際その頃の私も、他にどう改善する手だてがない故の完全なる慣れでもって、それなりに乗り切っていたものである。慣れで、ムシ暑さと蚊の攻勢に幾度となく妨げられながらも、それなりの惰眠は貪り得ていたものである。

それでも、夜は眠りを得る必要があるからイヤでもそこに横たわらざるを得なかったが、日中は、やはりそこにいつまでもじっとはしていられなかった。仕事にゆかぬ日は、上昇する一方の室温の高さに辟易し、昼前には外に飛びだしてゆくのが常ではあった。

気温三十度以上の外の方が、室内よりかはまだ幾分楽でもあったのである。結句《けつく》その足は神保町と云って、その私に行くあてと云うのがあるわけではない。結句その足は神保町の古書店街にしか向きようもなかったが、もとより金もないので、そこへは熱汗でドロドロになりながら、しばしば徒歩でもって赴く流れとなっていた。

そして神保町に着くと、まず三省堂なり東京堂なり、クーラーの効いている新刊書店でたっぷりと涼を取る。現在よりも、三十年前の往時の方が、この二店は確実に涼しかった。

文庫一冊買うわけではないが、そこでは汗と垢でベトベトの手で、主として角川文庫の高木彬光や大藪春彦、結城昌治の本を、随分と立ち読みさせてもらったものだ（それだけに、昨年この三省堂でサイン会を開いて頂いた際の、私の心中の感慨たるやは、甚だ深いものがあった）。今でも或る意味そうだが、特にその時分は純文学と云うものには一切興味がなかった。

で、汗が引いたのちには、つい数日前にも見たばかりで、全く棚に変化もない、何店かのミステリ関係の本が置いてある古書店を覗き、百円の古文庫乃至《ないし》三百円の『幻影城』か旧『宝石』のバックナンバーを、一冊だけつまんでくるのである。

そうだ。その頃はそうした古書店に、朝山蜻一の大河内常平宛の署名本が四、五冊並んでいたことがあった。

どちらも旧『宝石』のバックナンバーを通じて魅かれていた作家だっただけに、これには物慾大いに刺激され、どれか一冊なりと購める目的で日雇い仕事へ出ていったこともある。

そのとき購入したのは、『キャバレー殺人事件』四千円也（但《ただし》、帯は付いていなかった）だったが、これが私の、そののち病膏肓に入った初版本趣味に走るきっかけの、実質的な一冊となった。

この本は、買ってから僅か一箇月後には東日暮里の古本屋に、二千円だったか二千五百円だったかで手放してしまったが、所持し続けていなかったことが未だに悔やまれる一冊でもある。

ちなみに朝山蜻一の著書に関しては、後年、その遺族のかたから朝山自身が自分用に保存していた全揃いのものを譲って頂く機会に恵まれ、これは現在も大切に架蔵しているが、かの本は、その朝山以上に好きな大河内の旧蔵本と云うところがミソなのである。

同様に、当時一度は入手した古書で、今も持っていれば良かったと思うものは少なくないが、しかしそれはともかくとして、いったいに欲しい本や女体に廻す金はあっても、こと室料に対しては内金たりとも入れる努力が全くできないのは、何んと云ってもフザけた話ではある。

何しろ日雇いに出ても、手にした日当はすべて自分の為だけに使い、翌日は僅かに残しておいた金で浅草の三本立てか、飯田橋の佳作座で涼みがてらの映画鑑賞に及ぶのだから、家主が何度督促にあらわれようと、所詮、それはどこまでも文字通りの無駄足と云うものであった。

八　繰り返す帰宅

そして、そんな家主の無駄足を嘲りつつ、この時期の私は実にしばしば自宅へ帰ったものである。

自宅、と云うのは他でもない。つい四、五箇月前までそこに起居していた町田のアパートのことである。

母親から十万円を貰って意気揚々と独立を計ったはいいが、先にも言ったように、如何《いかん》せんその部屋の暑さは尋常ではない。平生は、これが現在の日常として辛抱しているものの、何かのはずみには猛然と自宅に帰りたい衝動に駆られた。

無論、それはそこにいる母や姉に会いたいなぞ云う、人並みの人恋しさからのものではない。

自宅に帰ればクーラーがあり、冷蔵庫があり、風呂があってテレビもある。更には布団や枕までもが揃っている。当然、そこに逗留する何日かの間は、全く働かなくても何かしら口に入れるものはあるし、母や姉にせびれば多少の小遣銭も得ることができるのだ。

今思えば、まことに甘えた考えに取り憑かれていたものだが、実際そのときの私は、ただひたすらにこれらの理由のみで〝帰宅〟を敢行していたのである。

満十五歳で、いっぱし独り立ちの体裁を整えていたのは全くはなのうちだけのことに過ぎず、その実態は自力では何もできない、子供よりもタチの悪い一種の浮浪者のようなものだった。

で、その折にもやはり所持金の少なさが因となり、町田に辿り着くまでには、かなりの距離を徒歩でまかなう次第に相成るのである。

即ち、国鉄は運賃が高いので、安い小田急線だけで済ます為に、まず鶯谷から新宿までを一時間半程かけてせっせと歩き、値段の変わらぬ急行を選んで町田に着くと、そこからまた汗みずくになって歩くのだ。

往時は現在と違って痩身だったとは云え、何かにつけ、本当によく歩いたものである。いったいに金のない者が滅法歩くと云うのは、古来より変わるところのない道理ではあるが、かく云う私もご多分にもれず、その頃は歩くこと自体はさのみ苦にもならなかった。

何より、これでじきに家に帰り着けば、ドロドロの衣類をまるまる洗濯機に投げ込んで風呂に入り、ありあわせのものでも腹一杯に飯が食えると云う当てが、或る種の張り合いのようなものにもなり得ていたのだ。

〝帰宅〟を行なうときは、大抵夕方ぐらいに鶯谷を出発するので、町田のアパートに到着するのは八時とか九時十時くらいの頃合になっていた。

その時分には、母親もパート勤めから戻ってきている。外階段で二階の我が家の方へ上がると、まずチャイムを鳴らしてその扉が開くのを待つのだが、母の方は、そこに立っているのが私だと知った途端、面上俄かに暗色を拡がらせるのであった。

無論、それで玄関払いを食わせることはないものの、つい十日ばかり前にも、そこでやりたい放題した挙句にようよう引き上げていった私が、またぞろ戻ってきたその流れに、母は露骨に怯えたような雰囲気を発散するのである。

本来ならば、そこで何かしらの会話もあろうし、いかな出来損ないの倅《せがれ》であっても母親たる者、一応は晩飯のことなぞも気遣ったりしてくれるものであろう。が、かの母は何やら重病患者みたいな面付《つら》きで、最早ものも言わずにノソノソ奥の部屋へと入り込み、もうそれきり出てこなくなるのである。

ここにも私の家の、親子関係の異常さが表われている次第だが、しかし一面、それも無理からぬとこもないではないのだ。うっかり言い忘れていたが、私は前年の中学三年時より、いわゆる家庭内暴力をふるっていた。きっかけは何かのことで母が私を叱りつけた際、それまでは黙ってやり過ごしていたのを、そのときは虫の居所が余程悪かったかして、これまでにない勢いで怒鳴り返し、ついでに腰の辺を蹴りつけてやったのである。

すると母はこれに激昂し、狂人みたいになって私に摑みかかってきた。もともとこの母というのはひどいヒステリー病みで、まだ離婚前の江戸川時代から、何かと云えば夫婦で派手な取っ組みあいの喧嘩をしていたが、子供に対しても同様に、一寸したことで逆上してはビンタを張り、髪を摑んで引き倒したところを足蹴にするぐらいは日常茶飯であったから、私の方でもその折檻に対する積年の怨みは、いい加減爆発しかけていたのだ。

悪いことにはこの直前にも、私は母から横っ面を張られていた。〝口答えをした〟との些事に対する謝罪を強制的に述べさせられた、その折の怨みを消化することなく抱え込んでいた状態でもあったのである。

だから、なぞと云う奴もないものだが、しかしこれ以上理不尽に引っぱたかれるのにも耐えかねた私は、その頃すでに現在と同じく百七十七センチはあった体格でもって、かなり本気で実の母を返り討ちの目に遭わしてやった。

さすがに拳ではなく平手ではあったものの、母の頭部をこれまでの百倍返しで立て続けに打ち、鼻から血を噴きださしてもやったのである。

私の一方的な打擲《ちょうちゃく》がすむと、母はその場にへたり込んだまま、号泣と放心状態を夜っぴて交互に繰り返していた。

この号泣の声がまた耳ざわりで、私は母を怒鳴りつけ、その都度一発ずつ顔を平手ではたいた。

母の泣き声はいつか嬰児《えいじ》のような、「うぎゃあ、うぎゃあ」と云う不気味なものに変わっていったのである。

で、このときから母と私の、これまでの関係性は逆転した。馬鹿な話だが、私は自らの〝完全勝利〟に満足し、そしてこれに味をしめて、以降は何か気に入らぬことがあると母を痛罵し、足蹴にし、顔に唾《つば》を吐きつけた。

三つ上の姉はその頃まだ家にいたが、これは母よりも先に、重傷に近い状態へと至らせた暴力を、すでにしてふるい済みであった。

その母は、夜中に二度程、私の寝ている枕元に包丁を持って突っ立っていたこともある。

ギョッとはしたが、それがどうやら本心ではない、芝居気たっぷりの脅しの行為とはすぐに知れた。が、万一はずみで本当に振りおろされてはかなわないので、私は布団に起き直り、必死の土下座で幾度も幾度も詫び続けた。

それでいて、またしばらく経つと母をババア呼ばわりにし、やたら高圧的な態度の物言いを始めるのである。

以前に本誌には、「貧窶《ひんる》の沼」（角川文庫『二度はゆけぬ町の地図』所収）と云う短篇を載せてもらったことがある。作中、この〝帰宅〟時の様子について記した、〈貫多は室内に入ると、そのクーラーの弱いのに気付き、それを最強に切り替えさせ、ついで克子に三本の缶ビールとハイライトを買ってくるよう命じたのち、まだ自分の学習机が傍らに置いてある居間に腰を落ち着けた。やがてビールと煙草を手にした克子が無言で戻ってくると、その財布を取り上げ、虎の子であるらしい二枚の一万円札をまきあげる。そして今夜は涼しいここに泊まることにしたが、翌朝起きてみると、克子は一睡もしなかったらしく、居間に昨晩と同じ格好のままで座っていた。姉は、昨夜もまた帰宅した形跡はないようであった。〉
とのくだりは、全くその頃の私の、実際の姿そのままであった。

九　惜みなく感傷は奪う

私の狂王的振舞いは、亭主（つまり、私にとっては父親だが）に性犯罪と云う最悪のかたちで裏切られ、その後は慣れぬパート勤めをして私たち姉弟を育ててくれた、かの母親にさえこのような次第であったから、姉に対しては、実際それ以上に図に乗ったものがあった。

とは云え、この三歳違いの姉とは、元々は非常に仲が良かったのである。

そもそも私に読書の習慣がついたのは、この姉の影響によるところが大きかった。イヤ、影響なぞと云っては、高が知れた子供の読書範囲中のことでは、ちと大仰な言いかたにもなるが、それでもこの姉は、子供のわりには随分と本を——それも小説本を読むのを好むところがあった。

ありていに言えば、まだ父の犯罪が露見していない頃の、零細運送店を営んでいた私の家は、決して貧しい方ではなかった。そして父親が逮捕されると、何よりもすぐさま夜逃げと離婚に踏みきったことでも分かるように、私の母と云うのはひどく潔癖な性質の持ち主であった。

そうした母であれば、姉が次から次へと読みたがる本は、他所の子供の手垢がついた図書館の本ではなく、書店に並んでいる真っさらな新品を買い与えることは必定である。

また母は、いかにも無学な人らしく、本を読むことは情操教育上に非常に有益であると、頑なに信じているようなところもあった。

だから、そも姉が読書好きになったのは、おそらくこの母の本の押しつけが始まりだったかとも思うが、とあれ私がもの心ついた頃には、姉の書架には結構な数の本が詰められていたものである。

それらの大半は全くの児童向けの小説が多かったが、中には新潮文庫の『赤毛のアン』や、講談社文庫の、佐藤さとるのファンタジーものなぞもあった。

姉にすすめられて、小学校に上がったぐらいのときから、私もそれらの頁をパラパラはぐったりしていた。

で、この習慣はもう少し後になって、姉が中学に入った頃に四年生となった私も何かすっかり堂にいったかたちとなり、その書架から借りだした遠藤周作のユーモア小説や、星新一、眉村卓の角川文庫をわりと夢中の態《てい》で読み耽って、さてその読後には幼い感想を報告したりしていたものである。

そして程なくして私の方が、ちょうどブーム（やや下火にはなっていた頃だが）になっていた横溝正史を自発的に読み始めるようになると、今度は姉がそれを借りて読むようにもなり、二人して金田一耕助の話題に興じる仲の良い時代も、確かにあることはあったのである。

そうだ。姉は私の誕生日には毎年プレゼントとして、自分の小遣いや、のちにはそのアルバイト代から文庫本一冊を買って贈ってくれるようなところもあった。

私が中学一年のときは、司馬遼太郎の『燃えよ剣』の上巻を（下巻はその後、自分の小遣いで購《もと》めた）、翌年はアメリカのホームステイ先から、ドイルの原書を〝参考書〟として航空便で送ってきてくれた。

そして私の家庭内暴力が始まったのちも、この慣例はまだ続いた。最後の機会となった昭和五十八年のその際も——即ち、私が鶯谷に部屋を借りた年のその夏も、創元推理文庫の『トレント最後の事件』を、ちゃんとラッピングまでしてもらって、かの私の〝帰宅〟時の折に渡してくれたものだった。

その姉は、本好きと云うただ一つの共通点を除いては、すべてにおいて私とは真逆のものを持っていた。

学校の成績もよく、性格も活発で友人も多かった。容姿の面で男子にもわりかし人気があったようである。姉弟ゲンカの際は、毎回姉が勝つのが常でもあった。

一方の私は内気で陰気で、何かにつけてひがみ易い性質だったから、姉とは性別が逆であれば良いと、親に昔から言われ続けてもいた。

だが、その親も気付いていなかったらしいのは、私はただ内気でひがみっぽいだけの男ではなかった。それに加えて、根が滅法執念深くできているのであった。受けた恨みは一生忘れずに持ち抱え、一つきっかけがあれば、これを必ず晴らす実行にでるのである。

年を経て、体力的に姉よりも勝さったとき、その姉を暴力で屈服させて口答え一つできなくしてやることに、異様な快感を覚え始めてしまったのだ。

だからその姉が半ばグレだし、家に帰りたがらなくなったのは、偏《ひとえ》にこの私の暴力が原因によるものだった。

姉は私が一応は家を出たのちも、それは先のように誕生日にプレゼントなぞくれはしたものの、しばしば〝帰宅〟する私とは、基本的には口を利くこともなかった。

しかし私の方では、家に帰る目的は自分の小遣い銭を得る目的もあったから、一度はそのアルバイト先の喫茶店まで行って金を無心し、姉に赤っ恥をかかせてやったりしたこともあった。

それらのことも因の要素であろうが、折角高校の二年時には学校を休学し、一年間アメリカへ留学した経験も何も生かせぬ流れに厭世感を抱いたらしく、結句《けっく》その姉は間もなく無断で家出して、それっきりになってしまったのである。

不思議なもので、その家出をした当日に、私はまた〝帰宅〟をしているのだ。

例によって、夜の九時頃に町田のアパートに戻り着き、いつものようにチャイムを鳴らしたが、誰も出ない。で、合鍵を使って中に入ると、あきらかに室内の空気に妙なものが漂っているのである。普段は常時閉められた、六畳の姉の部屋の襖が開け放たれている。

その中を覗いてみて、愕然となった。

それまでは年頃の女らしく、整然と雑多なものが並んでいた室内には、机とベッド以外は何もないのである。その机の抽斗の中も、すっかり空になっていた。

と、程なくして母が帰ってきたが、私の顔を見るなり、「お姉ちゃんがいなくなっちゃった……」と放心したように呟くのである。

パート先から帰ってきてこの異変を知り、訳がわからぬまま、とりあえず駅前の姉のアルバイト先まで行ってみたものらしかった。

その後、私はこれで二十九年間、この姉には会っていない（母とも二十二年間会っていないが、もしかしたら母と姉は、その間に再会しているやも知れぬ）。

かなり以前に、何かの必要があって自分の戸籍謄本を取った際、その記載によって、その姉は昭和六十二年に結婚したことを知り、一驚した覚えがある。

昭和六十二年と云えば、姉は二十三歳。随分早くに片付いたものだが、それからは夫の戸籍の所在地になっている横浜市内で普通の主婦としての生活を送っているのだろうと思っていた。

そして一生会う機会もないだろうが、私にも人並みに甥や姪がいるに違いないことを、楽しく空想したりもしていたのである。

ところが昨年、私の本を出してくれる韓国の出版社の招きで、かの地に赴く為のパスポート申請の為に久方ぶりで戸籍を取ったところ、姉はすでに平成四年には子もないままに離婚済みの模様であった。

この事実は、私に意外なくらいのショックを与えた。

が、無論私がこれに、何んらかの感傷を抱く資格と云うものはないであろう。

十　紫煙の行方

さて些か話は逸れたが、そんなにして町田のアパートに〝帰宅〟する都度、母の虎の子の一万円とか二万円（そのお金は、ときには母がパート先から交通費として支給されたばかりの、定期券代のケースすらあった）を持ち帰ってくるものの、無論、私にそれを家賃にあてようなぞ云う思いはさらさらなかった。

往路とはうって変わった晴れ晴れとした心持ちで、新宿から山手線にも乗って午後の早いうちに鶯谷まで戻ってくるのだ。

で、鶯谷に着くと、これもどの時間帯であろうとまず私が飛び込んでゆくのは、北口の改札を出て目の前の大衆食堂である。ここで大抵は百七十円のたぬきそばと、二百五十円の牛めしを一緒に取って食べ、ついで自販機でハイライトと缶ジュースを買って、ひとまずアパートに帰るのである。

だから最前に町田を出て、ただ虚室に戻ってきただけのこの時点ですでに千五百円程を使っているのだが、まだ残金に余裕のあるうちの私は、依然気の方は大きいままなので、部屋で缶ジュースを飲み終えると、やはりおもむろに浅草へと出かけてゆくのだった。

浅草では、その頃は邦画の三本立てを上映しているところが二館あったが、入るのはその都度〝観てもいい〟映画がかかっている方を、臨機応変に選ぶ。

いずれもクーラーが利いており、涼しいことは涼しいが、その館内は煙草の紫煙が充満していて、しばらくいるうちには目の方がチカチカとしてくる。が、こちらもやはり喫煙しながらの観賞となるので、この点については何んら文句が云える筋合いもない。

それにしても、この名画座と云うか、三番館の客の喫煙の悪習は、完全にその地域柄のようなものがあった。

本来、映画館の客席で煙草を吸うなぞ云う迷惑行為に対しては、嫌煙論者ならずとも糾弾して然るべきである。無論、封切館でそんな真似をしようものなら、間髪いれず周囲からの苦情を浴び、すぐと係員がとんでくるに違いない。

が、三番館となると、その常識を踏みにじった非常識が、案外普通に罷り通っている。
私が最初にこの点で驚きを感じたのは、中学一年時に大森にあった名画座（現在
ではなくなっているはずだ）においてのことだった。
横溝正史原作映画の「悪魔が来りて笛を吹く」と「病院坂の首縊りの家」の二本
立てをやっており、現在と違って当時これらを再度観るには、かような機会をとら
えるより他はなかったので、私はこのとき初めて一人で映画館へ──それも三番館
と云う未知の世界に足を踏み入れたものであった。
と、半分近く席が埋まっていた客席は、入った途端にひどい煙草の異臭がした。
その時分の私は、まだ家庭内暴力の片鱗すらも窺えぬ、健全な思考を持った少年だ
ったので、当然喫煙もしたことがなかった。また、父母ともに非喫煙者で、そもそ
もこうした煙りと匂いには無縁の中で生育もしてきただけに、その立ちこめた悪臭
には、ゲッとえずきたい程の不快感さえあった。
だが、かの二本の映画はどうしても観たいし、今観逃せば、次はいつその機会に
恵まれるかもわからない。

それで半ば息をつめながらの、ひどく落ち着かぬ心持ちのままでスクリーンを眺めていたのだが、前方では時折そちこちよりライターの鳴る鋭い音に続いて、橙色の炎が一瞬ボッと浮かび上がり、そして紫煙がユラユラとたなびきだすのには心底辟易してしまった。

二作を観終えて外に出ると、双の目は煙りが染み込んでいるかのようにやたらと痛く、衣服の方はこれははっきりとそれが染み込み、随分とイヤな匂いがした。で、何かこのときはとんでもない被害に遭った気分になったものだが、しかしこれはマナーレベルとしてはまだしも〝下の上〟クラスと云うべきで、まだまだ下には下が存在していたのである。

その後に出くわすこととなった、横浜の桜木町駅前の三番館は、実際ひどいものがあった。

そこの、三本立てで四百円と云う料金設定は当時としても破格の廉《やす》さだったが、建物もいかにも昭和三十年代前半的イメージそのままの、ボロボロに傷んだ映画館であり、テケツの前に立った時点で、何やら便所のすえた悪臭が鼻腔をさしてくるのである。

場所柄（現今の、小綺麗な桜木町に変貌を遂げる以前の話だ）もあって、その客層は殆どがバタ屋風の人物であるらしく、異様な程に埋まった客席は、そこをベッドハウス代わりにして仮眠を貪っている者が大半を占めていた。

ベッドハウス代わりと云うことは、当然そこは彼らの生活感漂うくつろぎの場でもある。

煙草の煙りは到底先の、大森の名画座なぞの比ではない濃度で充満している。またそれに混じって、日本酒の甘ったるい匂いと、何かの食べ物のもっさりした匂いも立ちこもっている。

前の席に客がいない限りは、殆どの者が前席の背凭れに足をかけているのだが、これはまだおとなしい方だとみえて、甚だしいのは便所の水道ででも洗ったのだろうか、そこに靴下みたいなものやタオルのようなものをかけて干して（？）いるような図々しい者さえおり、もうその光景と云い悪臭と云い、本当に吐き気を催す程の状況であった。

しかしここでも私は、昭和四十四年公開の、三船敏郎が近藤勇を演じた「新選組」観たさに我慢に我慢を重ね、とりあえず三本立てのうち、その目当ての一本だけは何んとか観て、それで全くほうほうの態《てい》で館内から逃れでてきたのだが、家に帰り着いたあとも何かヘンに体のあちこちが痒いのである。

が、その数年後の私はそうした場所で——この桜木町の三番館も含めた場所で、至って普通に紫煙を吹き上げる側の一員と成り果てていた。

はなは、おそるおそるで吸ってみたのである。しかし、やはり誰からも咎め立てられることはなかった。

だから、と云うのは妙な言いわけめくが、しかしこれがすっかり癖となってしまったのである。

同じ三番館でも、池袋の文芸坐地下や飯田橋の佳作座のような、ちゃんとした名画座では、到底かような真似はできないし、またする者とていなかったが、何やら私は映画と云えば煙草を吸うのが付きものみたいになってしまい、それらのまともな館では上映中でも、実に頻々と喫煙所に立ってゆく習慣がつくようにもなった。

——と、またいつの間にか話が逸れ、今回は映画館での紫煙譚のみで紙数が尽きてしまった。

十一　初の棒引き

さて話を戻すと、とどのつまりその頃の私には、室料を払うと云う概念が極めて稀薄だったのである。

そうなった一番の事由は稼ぎが滅法少ないことだが、先にも云ったように、ただささえ年齢と学歴の不備を抱えている身である。

そこに日当が日払いであることを必須条件として求めると、当然ながらそれは肉体を酷使する作業に従事せざるを得ない。

しかしこれが余りにも重労働に過ぎれば、いきおい毎日は出てゆけない流れにもなるのである。

加えてその僅かな賃金を、かような次第に調子よく費消していれば、往時の私の室料に対する概念は、それはイヤでも稀薄になろうと云うものだ。

結句《けっく》、曩時《のうじ》の私は、まだ社会に出るのがちとばかり早過ぎたのだ。

イヤ、如何《いかん》せん学業の方がサッパリ駄目だったから、高校に進学せぬ以上、それは社会に出て働かざるを得ないが、少なくとも一人暮しを始めるには些か時期尚早であったに違いないのだ。

余りにも無計画すぎて、生活の基盤と云うか、土台と云ったものがそもそも出来ていなかったのである。

はな、母親から新生活の費用として十万円も貰っておいて言うのも何んだが（しかしこれでアパートの初期費用もまかなうのだから、よく考えると箆棒に少ない気もするが）、まずは自宅にいたまま仕事先を探したのち、本当に自力で自活できる目途がついたのちにアパートを借りればよかったのである。

自立心だけは旺盛なわりに、自活力には至って乏しい、何をするにも根が眼高手低体質にできてしまってる以上、それはどうあってもそうすべきだ、と、今の私なら当時の私に分別顔で忠告しているところである。

とは云え、無論往時の私はそんな忠告になぞ一切耳を貸す性格ではないし、また現実にはその自らの欠点を指摘する者も戒める者もありはしなかったので、私はこの生活スタイルに何んら深省するところも恥じるところもなく、ただひたすらに自分の身ばかりを愛しむ日々を経《た》てていた。

だが、その私をかようなまでに増長させる一因となっていた、例の家主の寛大な目こぼしも、所詮それには、おのずと限度と云うものがあった。

滞納六箇月目に至って、入室時に連絡先として書き込んでいた町田の母の方に、ついに連絡を入れるようになってしまったのである。

が、私の母と云うのも、その頃は少々頭がおかしな具合になっていた。

その昔は、あれでえらく躾に厳しく、言葉遣いにも小うるさいルールを押しつけてくるところがあり、中学に上がった頃でも、その母の前で「俺」なぞ云おうものなら、すぐに厳しくたしなめられたりもした程である。

しかしこの時分の母には、もうそうした気丈なモラルはどこかに消え去っていたフシがある。

それもそのはずで、考えてみれば性犯罪をやってのけた夫（私の父）の、これまでのすべてを崩壊させた裏切り行為に引き続き、息子たる私の暴言、暴力を伴った往時の変貌ぶりである。

かてて加えて、先般出来《しゅったい》した娘（私の姉）の家出と、こうも続けて順々と問題が生じていては、母の精神に一種異常が引き起こるのも、これもまこと無理からぬ話ではあろう。

で、その母の元には、はな家主から電話での連絡が行ったものらしかった。だがこれに対して、母はまるで無視を決め込むかたちをとっていたとのこと。

もっともこれは母の非常識ぶりの一例としてあげたものではない。この点は日中は外へ働きに出て、夜遅くに帰宅してくるところの母と、老人特有の早寝が習慣となっている家主との、単なる必然的行き違いにしか過ぎなかったが（とは云え、のちに私は事情を知らぬ家主から、この件でもやんわりと叱られたものであった）、それで家主は仕方なく、今度は手紙での照会を行ない、これによって母の方では私の滞納の事実を初めて把握するに至ったようであった。

そして問題はここからで、母はまずこれを黙殺し、再度送られてきた葉書にも何も応えず、三度目に届けられた速達にいたって、ついに、

「あの子とは一切関係がありません」

との責任逃がれの返答をしてきたそうであった。

無論、かような言い分が通用するはずもなく、家主はそれからも同様の葉書を送ったそうだが、最早それらに対しての返答は一切なかったとの由。なれば、いきおいその督促の鉾先は、再び張本人たる私だけに向けられることとなる。

さすがに入室後半年を経過して、それで未だ一円も払っていないでは、今度はこの督促もやや執拗さを増してきた。

なのでここにきて私も、ようように一箇月分だけを払う気になったが、これも実のところは私が稼いで得た金ではなく、例の〝帰宅〟の際に母の財布から毟り取った三万円のうちからのものであった。

で、一箇月分を支払うと、ありがたいことにその後また一箇月間は、督促が以前の緩いものに立ち戻りもした。

だがしかし、翌々月にはまたぞろうるさく言ってくるので、しょうことなしにその時点で更にひと月分だけ入れ、そしてまた一箇月間、厭ったらしい督促の難を逃がれるのである。

だからこの最初の鶯谷の宿では、常に五、六箇月分の室料滞納が残っている状態であった。

それでも、その稼いだ日当はその日のうちに使ってしまう、あの賃金日払いの悪循環に、すでにしてすっぽり嵌まり込んでしまっていた私は、翌日に、数駅離れた日雇い集合場所へゆくだけの電車賃がないときなぞは、この家主に小銭を借りたりしていた。

その際には、大いに粘りに粘って、大抵四百円也を借りるのである。

そうすれば、切符を買った他に七十円のゴールデンバットを一つ買えた（平生は、ハイライトを吸っていた）。

さらには電車に乗る前に、駅前の大衆食堂で二百円の天ぷらそばをも、すすってゆけるのだ。

かけそばは百五十円だったが、そんなにまでしてかき揚げの天ぷらを載せたいと云うのが、私の恥ずべき乞食根性の厚かましさである。

無論、これは貸す方も貸す方な話であることは、間違いがない。

だがそう云ってしまうと、何やら古き良き時代の鷹揚さを誇るような、つまらぬ懐旧譚にもなってしまうが、やはり現実は厳しく、結句私は翌年になって、かの家主から全くの猶予がない退室勧告を突きつけられたのである。

そのとき、滞納額にはやはり四箇月分が残っていた。

これを棒引きにするから出ていってくれ、と懇願され、そこまで頼まれては私としても、最早この宿に身の置き場はなかった。

——同年代の者が高校二年に進級して、やや落ち着いたかと思われる頃合のことである。

十二　紙袋さげて

前年にこの鶯谷の宿に入ったときは、荷物と云えば一つの紙袋に詰めた衣類のみだった。が、出るときのそれも、やはり紙袋一つで事足りた。

住んでいた間には随分と文庫の古本も購《もと》め、エロ本もしこたま買入したが、前者は売れるものは売り、後者は思いきって全部捨ててきた。

もう一つ、布団代わりの毛布もここでの滞在中に買っていたが、これは一度も日に干さぬまま、滅多に銭湯にもゆかぬ体に巻きつけていたものだから、すでに異臭が沁み込むだけ沁み込んでしまっている。

なので心機一転を期す為にも、敢然ゴミの集積場に置き去りにすることとした。入るときも出るときも紙袋一つで済むのだから、この辺りは今思うと何んとも身軽なものである。

現在ではこの流儀を踏襲したくとも、もうできない。長年住み続けているうちにはやたら荷物や蔵書が多くなり、どこかに越したくてもなかなか実行に移せぬ状態になっている。

ひとつには、分不相応な、やや広めの部屋を借りてしまったことがいけなかったのだ。

拙作中にも書いている通り、それまで一間以上の部屋には住んだこともないくせに、せめて寝室ぐらいは独立した空間にありたいと欲したのが、そもそもの間違いなのだ。

で、七、八年前には、このムダな空間だらけの住まいに居続ける理由を感じなくなって、もう引っ越すつもりになったものの、しかしそれに先立つものがなかなかに不如意だった為、やはりすぐとは出てゆくことが出来ずじまいになったのである。

その後この室は、往時金銭面で世話になっていた知人の古書店が、一部倉庫代わりとして使うことになり、賃料も全額払ってくれるかたちとなって、私は別の場所に一間を借りる次第となった。

が、その新たに借りた室には数千冊の本の入った段ボール函を置いたきり、私は未だ先の広い居室の方に住み続けている。

何しろいろいろと設備が整っているし、家具類も揃っているので、ついついズルズルと住み続ける格好になってしまっていた。昨年、或る大きな新人文学賞を貰い、うまい流れで収入が増えるまでは、光熱費のみを自費で払うだけで該所に居すわり続けていたものだ。

それだから、その長の年月の間にはイヤでも自分の荷物が多くもなった。三つの室は、今や殆ど自身の私物であふれ返り、各々雑然とした物置き部屋状態になってしまっている。

ヘタに部屋数に余裕のあったが故に、その分、収納する物も多くなってしまったとの理屈である。

これでは引越なぞも、今より更に広い部屋を探さなければならないと云う馬鹿馬鹿しさだ。

それを思えば、二十八年前の、紙袋一つでどこにでも流れてゆくことができたあの身軽さが、しみじみ懐かしくなってくる。

最早私は曩時《のうじ》のようなクーラーも扇風機もない生活は考えられないし、あらゆる意味において日雇い人足には戻ることもできないが、あの「何もなさ」は、一人で冴えない人生を送る上では、何よりもの最大の強みになっていたように思う。

そう云えば先般、拙著の映画化作である「苦役列車」の試写を観たが、その印象的なシーンの一つに、主人公の北町貫多（即ち、原作中でのこの私）が三畳間の家賃を溜め、大家のババアの息子と云うのから火のでるような厳しい督促を受ける場面があった。

これは該原作中には登場せぬ（他の拙作の私小説中には幾度か書き、そこから引っ張ってきたものらしいが）場面だが、しかしながら、実際驚く程にその頃の自分の姿にピタリと重なった。

そして更に、いよいよ追い出しを食らう段となった、その貫多の全財産たる荷物の入った紙袋を見て、心中ひそかに唸ってしまった。

それが今もコンビニ等で売っている、紙の上に厚手の頑丈なビニールをコーティングしたものであった点に、内心大いに唸ってしまったのである。

この紙袋の種類については、拙作中で細かに記してはいないし、監督や脚本者と事前に会って〝聞き取り〟をされた際にも特に説明はしなかったのだが、その頃の私が使用していたのは紛れもなくこの種の紙袋であった。

すでにあちこちで公言しているが、私はこの映画化作品を、正直、出来の良いものとは全く思っていない。

ストーリーの改変も、完成されたものを観た限りはまるで改悪としか感じられなかったし、オリジナルキャラクターの導入も、集客効果の期待の理由以外では、殊更不可欠なものにはどうしても思うことができなかった。

何んの為に私小説を映画化したのかがよく分からぬ、偶然と不自然さがきわめて鼻につく、単に登場人物を都合のいいように動かしているだけの(これをやってしまうと、私小説の持つ制約の魅力が根底から瓦解してしまうのだが)、〝中途半端に陳腐な青春ムービー〟であり、私はこれを二度観る気は到底起こらぬ。

しかしそうした中でも、当然ながらに幾つかはあった（それすらもなければ、映画として余程どうかしている）魅力的なシーン（脇役の、名前も確とは分からぬ俳優はいずれも実に素晴らしく、こうした人たちを見つけて起用した点においては、そのセンスの良さに脱帽する）の一つに、かの紙袋の使いかたと云うのがあった。

些か大袈裟に云えば、よくぞこれを使ってくれたものだと、そのときの私は薄暗い試写会場の中で会心の笑みを浮かべていたのである。

さて、話を戻し、紙袋一つを提げたその私が向かったのは、やはり同じく三畳間の部屋ではあった。

強制退去の勧告を受けての直後、すでにしてその部屋を借りる手続きはしていた。

またぞろ母親に泣きついて五万円を貰い、前日までに借りておいたのである。

そこは一万二千円の室料だったから、その四箇月分が初期費用に必要であったわけだ。

先の鶯谷での棒引き額は三万二千円（イヤ、そのままにして置いて出てこざるを得なかった敷金一箇月分を引けば、実質二万四千円）だったので、結句強制退去させられたことによって、こちらはその先方の取りっぱぐれた金銭の倍額にも当たる損失を蒙ったことになる。

この、二軒目の宿での細々としたことは、拙作「潰走」（角川文庫『二度はゆけぬ町の地図』所収）に書いている。

作中では、この宿の地は雑司が谷となっており、また季節も秋から冬のこととしているが、これは共に事実とは変えている。

その作の中で、冬場に毛布一枚で寝ているところを、家主から常軌を逸した家賃督促の襲撃を受ける件《くだり》を書きたかったが為に、時期をずらしたのであった。また、かのエピソードも、実際はも少し後の、別の宿にて出会《でくわ》したものだった。

「野性時代」（平23・9〜平24・8連載　未完）

韓国みやげ

いったいに私は、これで根がかなりの神経質にできている。とりわけ書物に対してはその傾向が一段と顕著であり、殊に保存用の本の取扱いは、我ながら実に細心なところがある。

この保存用の本とは、敬する物故私小説家数名の全著作を指すのだが、これらは常時遮光カーテンを引いた、六畳の〝書庫〟のガラス付きキャビネット中に保管している。古書故に、それぞれに劣化防止のパラフィン紙をかけているのは勿論のこと、ものによっては帙にも収納する念の入りようだ。

で、それらの一部は一冊のみならず、同じ本を複数冊架蔵しているのも、やはり先の本然の資質に依るところである。より状態の良いものを見かけると、どうでも買い直さなければ気が済まないのだ。

また、それが余程の稀覯本であれば妙な独占慾も蠢いてくる。その作家の一番の読者たる矜持を守る行為として、最早意地のみで購《もと》めてしまうのである。

私の場合、その対象本は藤澤清造の『根津權現裏』と云うことになるが、十五年前の初入手以来、現在までに各版合わせ、都合二十七冊を架蔵するに至ったのは些か苦笑ものだ。

しかしそのおかげで、該作は同じ版でも伏せ字の数が異なっている事実に気付いたのだから、その一事を得た点でも病的な収集の意義はあったようである。

ところで、そんな性質の私であれば自著に関しても、またなかなかにうるさいところがある。

拙作については何んら自信もなく、自己嫌悪で読み返すこととてないが、それが刊本のかたちにまとまると、ちと様子も変わってくる。内容はさておき、一冊の本として保存すべき対象品となるのだ。

無論、一寸でもツカが傷んでいたり、カバーや帯にスレがあっては面白くない。

はな、見本で届く十冊の中に、こちらの設定条件をクリアしたものがあれば良いのだが、ときには全部に瑕瑾の在するものもある。

これまでの、文庫と合わせた全単著のうち、最初の見本で〝保存用たる一冊〟を見事入手できたのは、僅か三度きりのことだった。

なので常に版元からは、別個に三十冊を購めるようにしている。何しろ、カバー背の書名や帯背の文字が、僅かでも左右にズレていたら駄目なのだ。ときには、その送本時の梱包の仕方が随分とぞんざいな場合もあるが、そうしたものについてはすぐさま版元に抗議のファクスを送り、代替品を要求する。これは商品として購めている以上は当然の行為だ。

三十冊あれば、大抵一冊は満点の状態なのも入っているが、それでも見当たらないときには、〝理想の一冊〟を探しに書店をいくつも廻る羽目になる。が、これ以外の他の分は、ヤレ本として廃棄しているのだから何んとも馬鹿馬鹿しい話ではある。

自分の本が将来古書として高価になるなぞ思っているわけではないが、しかしこの癖《へき》は持って生まれた性分なので、どうにも致し方がない。

事程左様に神経質な私だから、そんなにして状態の良いものを見つけても、当然それで一安心と云うわけにはいかぬ。レジのところで書店員によって台無しにされることも、ままあるからだ。

つい最近にも、そうしたケースに遭遇した。だがそれは、台無しさの趣きが、今までのものとはちと異なっていた。

韓国の書店で、まったく思いもよらなかった衝撃に出会すかたちとなったのだ。

そもそもその地へ行ったのは、ハングル版の拙著が出るのに合わせた該地版元による宣伝の一環としてである。したがってなかなかに雑多な予定を組まれていたが、滞在二日目の小閑時には通訳のかたに頼み、付近で一番大きな新刊書店へと連れていってもらった。

その書店は、ソウルの景福宮前の官庁街にあり、成程、店内はかなりの広大な面積がひろがっている。

同行した『新潮』誌の田畑氏は、雑誌コーナーにて、その現地発行の文芸誌の多数ぶりに唸っていたが、私にはこれは何んとも羨ましい光景だった。日本にも現在これだけの種類があれば、無能な編輯者には、今以上に本腰入れての罵言も浴びせかけてやれると云うものだ。二誌や三誌に干されたところで、痛くも痒くもないであろう。

で、そのとき私は通訳のかたから、ソウルでは店の通路にあぐら座りで商品を読んでいても咎められぬことや、買った本には書店カバーは無論、基本的に袋にも入れぬとの説明を聞いたりするなぞ、一寸した視察気分でいたのである。

イヤ、もっと云えば、些かスター気分でもいたのである。何せ、この直前にはプレスセンターで十数社合同の記者会見を開き、一時間後には他国の週刊誌のインタビューを控えつつ、その合間にお付きの者（田畑氏）を従えての、御来店的状況である。根が極めての調子こきにできてる私が、かような錯覚を起こすのも一面では無理もない。

が、それも日本書の文庫コーナーに赴いたところで、一気に現実へと引き戻された。

そこには新潮文庫があった。角川文庫も文春文庫も講談社文庫も揃っていた。しかし、ただの一点もそこに入っているはずの拙著は置いてなかったのである。

私は途端にシュンとなり、すっかり意気消沈したまま、最後に此度《こたび》の刊本が置かれた新刊文芸書のコーナーに廻ったが、そこに積まれている拙著には、黄色い極細の帯が巻かれていた。

昨日、見本で貰ったものにはそうした帯は付いていなかった。無論、私は本の付属物にもうるさい男なので、すぐさま傍らの版元の韓国人女性に、この完品状態のものを再度頂けるよう依頼すると共に、念の為、ここでも数冊入手しておく気にもなった。

その韓国人女性が、平積みの自著を一冊一冊神経質そうに検分している私を、何か異様な生物を見る目つきで眺めているのはハッキリと意識していた。だが、こればかりはどうしてもやめられない。

何んとか合格レベルの五冊をつまみ、私はレジへと向かった。両替したウォンで支払う、初めての買い物である。

会計時は、見慣れぬ札の準備に大わらわで、店員の動きにまったく気がつかなかった。気付いたのは、先方が本の地に、ヘンなスタンプをリズミカルに押しつけだしたのちだった。

そのとき私は、「ああっ!」と、実にあられもない絶叫を上げたものである。

これがその地での、購入した本に対する書店カバーや袋代わりの流儀だと云う説明を受けても、私のショックは大きかった。コンディションを選び抜いてのものだったけに、これはどうにも痛恨の極みであった。
とは云え、このゾッキ扱いのマーク的なスタンプ本も、今は現地販売品のよい証として、書架に大切に並べてはいる。

「新潮」(平24・2)

藤澤清造著『藤澤清造短篇集』（新潮文庫）解説

曩《さき》に本文庫よりの復刊を果たした『根津権現裏』は、幸い多くの読者に迎え入れられるかたちとなった。

〝幻の私小説家による幻の私小説の、およそ九十年ぶりとなる蘇生〟と云う謳い文句を別としても、発刊後数箇月で二度の増刷を重ねたことは誠に快事であった。

周知のように、本文庫は初版部数に或る一定の高ハードルが設けられており、そも、そのラインナップに列なること自体が容易ではない。

そこへ長い期間、忘却の彼方に置き去りにされ続けていた私小説家がいきなり割り込み、地味ながらも強靭な存在感で予想以上の好評を博したのだから、つくづく小説とは、文芸評論家風情の短い物差しでは測りきれぬものがある。

以前に刊行を打診した文庫レーベルは、まるで話を聞く耳すら持たず門前払いの恰好であったが、今となってはそれも却って良い流れをもたらしめた。

おかげで、藤澤清造とその作品にとっては、最良のかたちでの復活を遂げることが叶ったのである。

「根津権現裏」は、最早埋もれた〝幻の私小説〟ではない。

少なくとも従来のごとく、作の良否の判断を、おおかたの悪評からの又聞きでなされる憂いはなくなった。実際に目を通した上での、個々の直接の判断に委ね得る状況を、とりあえずは整えることができた。

何んでも能登の藤澤清造の墓所には、文庫刊行後、俄かに掃苔《そうたい》に現われる若い人が増えたと云う。これまで訪《おとな》う者とてなかったその墓に、常時香華が手向けられていると云う図は正直違和感もあるが、しかしこれは清造の人と作品中に、どこか読む者を引き付けてやまぬ、潜在的な魅力が眠っていた証左であったとも云えよう。

だが、当然のことに藤澤清造の作は、かの長篇一本きりと云うわけではない。その十年間の活動期間中には、決して多作とは云えないまでも、極めて味わいの深い短篇をも幾つか書き残している。

そしていかにも大正期の小説家らしく、その短篇群にこそ、清造の一面の真価が発揮されているケースも少なくないのである。その点は、むしろ長篇である前掲書以上に、より明確なかたちでもって、読み手に伝わるに違いあるまい。

「一夜」は、『新潮』大正十二年七月号に発表された、清造の小説としては商業誌における初の掲載作である。

このときの清造はかぞえで三十五歳。前年四月の『根津権現裏』の書き下ろし刊行によってごく一部の注目を集めつつ、それが文壇的な反響を呼ぶまでに至らなかった清造は、なかなか第二作発表の場を得ることができずにいた。当時の文壇で、三十代に入っての新人と云うのは滅多にあらわれるものではない。殊に純文学の分野で世に出る者は、それ以前に主として学閥のコネによる、上からの引き等で、学生時代に新進作家の列に連らなっている。それだけに、清造のこの作に賭けた熱情は並大抵のものではなかったはずである。

処女作である「根津権現裏」同様、本作でもそのテーマは〝金〟と〝病気〟で一貫している。更には前作で異彩を放った独得の比喩が、ここでは一層の磨きがかかって炸裂しており、この点は短篇であるが故に、妙に悪目立ちする恰好とも相成った。それが〈新潮合評会〉での芥川龍之介による瑕瑾《かきん》としての不満や、『報知新聞』紙上での生田長江からの苦言を呼ぶことにもなるのだが、しかし確信犯的にこれを試みている清造に、かような的外れな批判は一切通用しなかった。

その後も全作に亘って、一部の文学識者から見れば〝奇妙な比喩〟〝変な文章〟のスタイルを押し通してゆくのだが、その意味でも本作は、いわば清造流スタイル確立の、記念すべき初短篇でもある。

そう云えば比較的近年においても、該作の比喩と行文については或る一教職者がしたり顔であげつらっていたことがあったが、それはいかにも杓子定規な、他人の創作世界への土足闖入的な戯言《たわごと》だった。尤も、そも文芸評論とは所詮そうしたものに過ぎないが、しかしいくら作品の時代背景を考察しようと、そのときの作者自身の置かれた状況——年齢的にも最早どうにもならない程に出遅れつつ、初めて短篇枠の檜舞台に登板する書き手の、その作に確とこめられた伸るか反るかのギリギリの情熱を汲まなければ、そんな批評は全く無意味な、単なる一個人の感想文である。

ちなみにこれは全くの余談だが、筆者が三十八歳時に初めて商業文芸誌に載った三十枚の短篇は、清造の例に倣って同題のものとしている。同人誌上がりのズブの素人だっただけに、失敗作を書いたら次のチャンスはなかった。それだから甚だ僭越極まる行為ではあったが、この題を冠し勝負に打って出た、清造の熱情を我が身に乗り移らせたかったのである。結果は評論家筋には案の定、完全無視されたが、この、真の意味での第一作目が川端康成賞の最終候補に残ったときは、当時の同賞のフェアなシステムに感嘆すると共に、何やら藤澤清造の霊から認めてもらえたようなよろこびを感じたものであった。

「ウィスキーの味」は、『文藝春秋』大正十三年六月号に発表された。

神田須田町のカフェーの客となった主人公は、店内で僅かの酒に食らい酔い、買春自慢を繰り広げる、初老の男たちの会話にたまらぬ嫌悪感を覚える。が、結句《けっく》それはどこまでも羨望から生じ来たる妬ましさでもあり、貧しき者にとっては華やかなるカフェーにあっても、畢竟《ひっきょう》するところ異邦人の心境にならざるを得ないのである。

清造の得意とする、貧故の心情の剔出が見事になされた佳篇であり、例えば菊池寛や広津和郎辺りの描く〝カフェーもの〟と読み比べれば、その色彩の違いには興趣もあろう。

本作には、筆者の手元に清造自筆による原稿が残っている。但《ただし》、二百字詰原稿用紙の冒頭部分二枚のみで、他はすでに現存していないと思われるが、初出掲載時と多少の異同があった。当時は著者校はなく、完成原稿として渡したものが、そのまま掲載される慣習だったから、この機会に原稿原文通りのかたちに復し、現状、最良の手立てを施した。即ち、三十一頁一行目の読点の挿入、及び五行目の初出誌上〈ちつとも〉を〈ちょっとは〉への復元である。また同行の〈はいって〉は、初出誌でも旧仮名で同様だが、原稿では〈はひて〉となっている。だが今回は現代仮名遣いに改めた上で明らかな脱字、誤植は訂正する方針だから、当該箇所のゴチック表記は避けて〈っ〉の小字を補った次第である。

「刈入れ時」は、『新小説』大正十三年十一月号に発表された。

「根津権現裏」や、新聞連載を三十回で中絶した「謎は続く」以外の清造の小説としては比較的枚数が長く、当時の基準では中篇に近いものである。

徹頭徹尾〝借金〟の話である。少なからぬ額の借銭を軒並み拒絶されるごとに、主人公は執念のように新らしい口実を絞りだし、また次の申し込み先へと足を運んでゆくのだが、彼には単に生計《たつき》の為以外にも、これをどうでも成就しなければならぬ、後ろ暗い理由があった。

僅かな心の緩みから生じた、その自業自得の悲喜劇は、誰しもが身につまされるところを含んでいよう。オチのありきたりさは必ず指摘されようが、無論、本作の眼目はそんなところにあるわけではない。

類まれなるユーモリストでもあった清造の、その知られざる本領が遺憾なく発揮された一篇であり、むしろこの作を清造の代表作として推す声も多い。

「女地獄」は、『新潮』大正十四年七月号に発表された。

本作は「刈入れ時」とは逆に、清造の欠点でもあった全体的な単調さが、やけに目立つ恰好となっている。

いったいに清造と云う作家は、題名の付けかたに余りうまくないところがあり、前出の「根津権現裏」や「一夜」「謎は続く」等は申し分ないが、「秋風往来」「父と子と」「春」「青木のなげき」「土産物の九官鳥」となると、いくら自然主義の流れを汲む作風としても、いかにもこれでは、味も素っ気も感じられない。その点、この「女地獄」は、タイトルはまことに秀逸である。

だが、作としての同時代の評は、さんざんなものがあった。

発表直後の各時評での酷評ぶりは、ほぼ例外なく辛辣を極めたが、とりわけ〈新潮合評会〉においては殆《ほとん》ど袋叩きも同然の態《てい》だった。このときの出席者には編輯主任格の中村武羅夫以下、小島政二郎、佐佐木茂索、片岡鉄兵、堀木克三、藤森淳三が集《つど》ったが、未読らしき片岡を除いて、全員がどこか喜々として該作をこき下ろしているのは、一種壮観でもある。

この異様な吊し上げは、平生の清造自身の、創作上のことをも含む大言壮語ぶりにそもそもの因があったと思われるが、しかしこうなると単に勝手な印象批判の悪口大会で、この〈新潮合評会〉自体がさほどの意味を持たぬものにも映ってくる

（とは云え、現今の文芸誌がやっているような、本当に無意味な面子《メンツ》による無意味な〝創作合評〟に比べれば、いくらかマシだが）。

そしてこの作は、結果的に清造の作家生活における、或る種のターニングポイントともなった。残念ながら、悪い方向に対してである。

前年からの旺盛な創作量は、この作の不評を機としたように、俄かに先細りとなっていった。これまで雑文を含めて継続的に起用されていた、『新潮』及び新潮社系の文芸誌には、翌年以降、終生清造の原稿が掲載されることはなかったのである。

「母を殺す」は、『文藝春秋』大正十四年九月号に発表された。

前々月の「女地獄」に関する汚名返上は、本来この作で充分に果たしてはいた。が、これが全く話題にもならなかったことは、清造にとって無念やるかたない思いであったろう。

それ程に実母の死を取り扱った本作は、哀切極まりない好短篇である。貧故に病気の母親をも足手まといとし、その死を強く願うと云う異色のテーマは、親子間における感傷と背中合わせのエゴを容赦なく描出し、一読、強烈な印象を残さざるを得ない。

叙述はすべて実際の清造の身辺事に符合し、ここには明治四十三年に、母・古《こ》へ危篤の報を受け、能登七尾に一時帰省した際の心情も色濃く反映されていると思われる。但、その折の清造は母の看護にあたる傍ら、地元で行なわれた素人芝居にも参加。元来が旧劇俳優志望であっただけに、すっかりの役者気取りで常盤町の遊廓に上がり込んだりもしている。また身辺に材をとりながらも、作中に記される吉田町、松川町なる町名は七尾に存在しない点などに、その私小説書きらしい、虚構性に対するふてぶてしさがよくあらわれているところでもある。

「犬の出産」は、『サンデー毎日』大正十五年六月六日号に発表された。

創作のピークを前年までに迎えたかたちの清造は、先の『新潮』誌に引き続き、この時期は菊池寛と仲違いをし、重要な原稿売捌先であった『文藝春秋』誌からも締めだしを食らう憂目に陥っていた。そんな状況にあって救世主となったのが、まずは『サンデー毎日』『週刊朝日』の二種の週刊誌だった。当時、前者の大阪本社には花柳小説でも名を馳せた渡辺均《ひとし》、後者にはシアトル帰りの翁久允《おきなきゅういん》がおり、両者は清造の、需要そろそろ乏しき原稿を積極的に買い上げている。

物語は、隣家の産まれたての仔犬を巡る他愛のない一挿話に過ぎないが、作中には清造と前の年より同居を始めた内妻との、その落ち着いた生活ぶりの一端が窺える。

同棲相手との間に繰り広げられる、独得のかけあい的会話の一言一句は不思議なユーモアを湛《たた》えて、今読んでも色褪せぬ妙味を含んでいる。

一方、「殖える癌腫」は半年遅れて『週刊朝日』の大正十五年十一月二十一日号に発表されたが、こちらは私小説的色彩を排した清造流の家庭小説である。

だが凡百のその手のものとは違い、ここにも清造の心情面は濃厚に投影されている。経済的な理由、そして自身の慢性の性病と、元娼婦であった病身の内妻との間に子供なぞは誕生させられようわけもない。その諦観が持ち前の貧者の論理と相俟ったとき、冷めた筆は平板なストーリーにアイロニカルな陰影を刻みつけるのであった。

「ペンキの塗立」は、『現代文芸』昭和二年一月号に発表された。素人社発行のこの文芸誌は、俳人の金児《かねこ》杜鵑花《とけんか》が主宰。のちに誌名を『文芸サロン』と改題し、清造の死に際しては昭和七年四月号を追悼号として小特集を組んだ。清造の一句〈何んのそのどうで死ぬ身の一踊り〉も、杜鵑花に書き遺して後世に知られるところとなった。

侘びしき下宿生活を送る独り者の、貧しさ故に恋にも破れた一景をうまく切り取っている。友人の妻をも手淫の用途に供せざるを得ない浅ましさは、所詮性慾の業とも云えるものだが、極めて短い小品ながら、貧と性を根限り描いてゆくことを豪語していた清造の面目は、この一篇でも一応の躍如を果たしている。

「豚の悲鳴」は、『文芸王国』昭和三年九月号に発表された。

佐々木千之が編集する半同人誌の本作掲載号は、佐々木が親炙した「葛西善蔵追悼号」でもあった。無論、清造の作自体に葛西との関連性はなく、両者の間に交流のあった記録もないが、共通の友人であった三上於菟吉によると、稀代の我儘《わがまま》者で通っていた葛西以上に清造は我儘者だったと云うから、それはそれで大したものである。

この作に清造の、秘めたる左傾への意志を読み取る向きもあるが、それは時代背景と当時の風潮を余りにも意識しすぎた、些か皮相な見解と云うべきであろう。

無論、清造が心情的にはその方に与する立場にあり、シンパたる姿勢は書簡中にも明記したことは間違いないが、その理論を行動として起こすには、清造と云う作家の内には哀しいかな、古風な戯作者精神の方が勝《まさ》っていたのである。

「槍とピストル」は、『世界の動き』昭和五年三月号に発表された。

発行元の世界の動き社は、群司次郎正《ぐんじじろうまさ》自演の手の込んだ売り出しのイメージが強いが、それだけに各号、意気軒昂たる左翼芸術のアジテーションに漲っている。

本作も私小説の範疇には入らぬが、これまで繰り返し語られた同一のテーマを、幾分掲載誌の性格に合わせたものか、或る意味でより明確に、また或る意味においては至極プリミティブに提示してみせている。

すでに晩年期に入りつつ、しかしまだ梅毒が脳にまで廻っていなかった清造にとっては、この「槍とピストル」が、一応首尾の整った最後の佳品となった。

「敵の取れるまで」は発表紙誌、年月号不明の、自筆原稿のかたちで残ったものである。

平成二十三年の、明治古典会の大市に突如あらわれたもので、清造の草稿は他にも「乳首を見る」と「スワン・バーにて」の二本が出品された。いずれも筆者の長年の博捜でも突きとめられなかった短篇であり、そもそも清造の原稿が古書市場に出るケース自体、極めて稀なことだった。

いわゆる〝ウブ口《くち》〟のものであり、このときは他に横光利一や葉山嘉樹、嘉村礒多、直木三十五、国枝史郎等のウブい草稿も同時に出たが、それらには共通して、昭和初期に大阪で発行されていた夕刊新聞で使用したと覚しき痕跡が認められた。清造の原稿にも、該夕刊新聞社の封筒が一枚添付されていたので、その点からも掲載紙名の方は断定できるが、しかし現時点ではまだ確認が取れていない。また寡聞にして該紙の全容を詳かにし得ない為、その掲載時期についても昭和三～五年との大まかな推測しかできぬ状況にはある。

　しかし、それならば尚のこと、本作、及び他の二作は、現時点においてはかの原稿でしか読めないものとなるので、この機会に、まず「敵の取れるまで」を本文庫に収録しておくことにした。

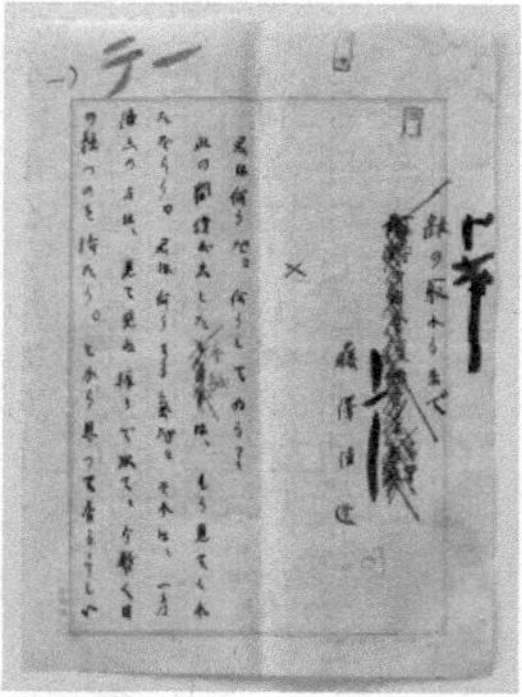
「敵の取れるまで」自筆原稿（筆者蔵）

　清造が愛用した、松屋製の二百字詰原稿用紙二十二枚に綴られており、原題は「何時の日か復讐ならん」。この末尾の〈らん〉の上に、〈る?〉と訂正が施され、更に題名全体に斜線を引き、横に本タイトルが新たに付されている。無論この改題も、すべて清造自身の筆によるものである。

これも私小説ではないが、婚家を離れた妹の行末を案ずる内容は、清造世界中の設定としては珍しい。が、やはりいかにもこの作者らしい、ぶっきらぼうな律儀さが随所にちりばめられている。

こうした毛色の小品があったことは、その歿後弟子としてうれしい限りである。

巻末には、清造のもう一方の面であった、劇作家としての秀作を二本添えた。

「恥」は、『新演芸』大正十三年四月号に発表された初戯曲。

「嘘」は、『演劇新潮』大正十三年七月号に発表された。

先にも触れたように、元来清造は少年時からの芝居好きであり、故郷よりかぞえ十八歳で上京した際には、初め旧劇俳優となることを目指していた程である。だが過去に患った、右足の骨髄炎による後遺症もあり、その目標を断念したのちには小説と共に、劇作の方にも鬱勃《うつぼつ》たる野心を抱くようになっていた。

それだけに文壇登場後はすぐさま戯曲にも筆を染めたが、菊池寛はこれを一切認めず、またおおかたの反応も決して芳しいものではなかった。金子洋文などは、或る座談会で清造に面と向かい、〈お前のドラマをやる時代は来ても、興行主はやらないよ〉と言ってのけ、〈未来でも興行主はやらない、変り者はやるだろう〉との宣言まで付け加えている。

事実、当時清造の戯曲が上演にこぎつけたと云う様《ためし》は全くなかった。尤も最近になり、それは大阪と東京の二つの団体によって、ようやく実現の運びともなったが、痛感させられたのは、かの脚本は到って上場に不向きであるとの事実だった。

一つの因は、その小説の持ち味同様の、余りにももって廻った、くどい筋運びである。そしてもう一つの因は、かの独得の台詞である。

ここに収めた二篇の戯曲も、文で読む限りでは滅法に面白い。会話も魅力的だし、「恥」の震災も、「嘘」で描出される、男女間の行き違いの愛憎も、いかにも今日的状況と相通ずるものがある。が、これを実際に上演した場合、よほどの演出家の腕がないと、どこか捌ききれない冗長なものが、変に際立ってしまうのである。

だが戯曲自体の今日性は決して失われていない以上、今後もこれらの脚本の上場は断続的に重ねられてゆくであろう。

たとえ清造自身が、随筆中で自らを〈一個の理想主義者〉とし、上演目的のみで戯曲を書いてはいないと豪語しようと、先の金子の言を引きつつ、これに補足すれば、〝気骨のある変り者〟は、いつの時代にも確実に存在するものである。この点、今後の展開に期待するところ大である。

以上、本書に収録した作品は、「敵の取れるまで」を除いていずれも初出誌を底本とし、別掲編輯方針に基づいた校訂を行なった。

「敵の取れるまで」については明らかな脱字は補い、原稿上で重複して付されたルビは初回時のもの以外は削った。

また、今回この新潮文庫版の第二弾を編むにあたっては、前書における好評の余恵と云う側面を、はな念頭から除外し、どこまでも藤澤清造の創作世界の、良くも悪くもの真髄を示すに足りる集成を心がけた。したがって、あえて玉石混交の選択に奔った面は否めないが、仮りに駄作にも、一種突き抜けた奇妙な味わいのあるのが、清造の、他の小説家には決してない最大の特色なのだ。

この言が単なる贔屓《ひいき》の引き倒しかどうかは、直接集中の作にお目を通し、判断して頂きたい。

とあれ、衝撃はまだ終わらない。

藤澤清造の真の評価は、実こそ、ここから始まるのである。

新潮社刊　『藤澤清造短篇集』（藤澤清造著・平24・3）

下向きながらも

いったいに私は、これで根が幾分ペシミストの質にできてはいるが、しかしながら先の大地震の際には極めて茫洋とした日々を経《た》ていた。

この不感性さは、一つには外部からの情報――被災地の惨状やら政府の混乱やらを、その当時には殆ど見聞きしていなかったことも大きく与っていた面がある。

その節は東京でもかつて体感したことのない激しい揺れが起きたが、それと同時に我が室のテレビは台から見事に転げ落ち、スイッチ部分の打ちどころが悪かったかして、それきり何も映らなくなってしまった。また新聞も三十年来購読した様《ためし》がないので、少なくとも往時のその状況については、僅かにラジオの断片的な報道でしか知るところがなかった。

それだから、これは被災されたかたに対しては誠に礼を失した言い草になるやもしれぬが、実のところその時点で、今回の天災はどこまでも対岸の火事の感覚ではあった。

何しろ、私に直接の身体的被害があったわけではない。日々、暖房の利いた部屋でぬくい布団にくるまって眠り、外へ女体を買いに行っては、帰りに大酒を飲んでもいたのである。

私の親しくしている、神保町の古書店主は福島の浪江出身だが、空家になっていた生家は津波に流され、隣人には生命の被害を受けたかたもいると云う。が、それを聞いて心底気の毒に思っても、さてその帰路で、こちらは普通に大飯を食らっているのである。

何もこれは逆説的に偽悪者ぶろうとするものではないが、やはり自身に直接的な痛みのない限り、大地震も津波も、所詮は同じ国内のどこかで起きた一災害と云う感覚にしか過ぎない。

しかし、それもあの東京電力の件で、俄かに風向きは一変した。

あの目に見えぬ、死に至る放射線洩れのおかげで、連日連夜の身体的被害を蒙ることとなってしまった。この被害からは、文字通り死ぬまで逃れられない。

その事実を、迂闊ながら私は随分と遅れて知ったのである。

地震から四日程経った頃だったが、所用で新潮社に行った折に、『新潮』誌の編輯者からそれを聞き、初めて知るに至ったのである。

そのとき、同社は平日の昼間だと云うのに入口にはシャッターが下りていた。強制的な帰宅指示が出たとかで、社内には週刊誌の部署を除いて、他に数名がいる程度らしかった。

何んでも茨城の方の倉庫は壊滅的な状況にあり、資材の確保も難しく、向後は印刷もスムースに進行しなくなるだろう等の、えらく悲観的な話も聞き知るに及んで、いよいよこの一連の天、人災は私にとっても他人事ではなくなってしまった。

そのときは、はな同誌に書く短篇の予定を、単なる怠惰心から順延してもらう相談に行ったものだった。だが、これならどうで来月号の出る見通しもつかぬことだろうと、その点では一安心したのも束の間、平生は私のことを嫌っている編輯長の、「死んでも出す。絶対に休刊はしない」との言葉に珍しく心を打たれ、結句《けっく》この言葉に励まされるかたちで、直後に五日かけて短篇一つ仕上げたのは、我ながら不思議な馬力が出たものである。

そしてその短篇が、これまで自分が書いてきたものと何んら変わらぬ凡庸な私小説であったことは、私にとってはまことに有難い収穫であった。

手前味噌にはなるが、外部の状況に左右されず、相も変わらぬ自身のグダグダ——社会性や思想性のカケラもない、一ダメ人間の行状記を淡々と綴ることができた自分と自分の小説世界に、より一層の自信を抱く恰好と相成ったのだ。

あれからちょうど一年が経ち、放射線の一件も、表面上は何やら喉元過ぎた熱さになっているような観がある。しかし本当の生き地獄は、実こそこれから始まるに違いない。

だが、どんな状況になろうと、やはり私は馬鹿の一つ覚えの私小説を書き続けていることであろう。それこそ、しがみつくようにして書き続けていることであろう。

無論、他に何もやるべきことがない故にである。

「文藝春秋」臨時増刊号（平24・3）

求めたきは……

随分と長い時間考え込んだが、やはり私にとっての〝寛ぎのとき〟は不明である。辞書で調べると、その語は一口に云って余裕を指すものであるそうだ。余裕なぞないのは誰しも同じだろうが、それでも何かしら趣味の一つも持っていれば、まだ幸せである。

だが、私には趣味らしい趣味も皆無だ。パチンコも競馬も、草野球も釣も一切興味がない。

必然性の生理的欲求に突き動かされた、月二回程の買淫では女が趣味なぞと嘯《うそぶ》くこともできないし、旅行と云うのはむしろ意識的に敬遠する方である。

酒や煙草は人一倍やるが、それは単に惰性化しており、実のところもう十数年、これらを心底うまいと感じているわけでもない。

第一、寛ぎとは心身の緊張や充実の、伴う伴わないにかかわらず、とあれ忙しいさなかにあればこそ、初めて味わえる類のものであろう。

それならば、何もそう考え込むがものはない。私は、はなからこの点についてはまるで論外に置かれる立場にある。

商業誌に小説を書き始めて七年になるが、何せ、ついこの間まではエッセイ一本、どこからも依頼のこない日々を経《た》てていた。

ただささえ数の少ない純文学系の雑誌のうち、二誌から意図的に干されていては、その道の書き手としてはすでに殺された態《てい》も同然である。

したがって、ことその方面に関しては年百年中ヒマであり、これは見方を変えれば、いわば全寛ぎの図と云うことにもなる。かような状態にあっては、どうで本来のそのひとときの、楽しさや有難さなぞを味わえようはずもない。

それを思えば、昔港湾人足のアルバイトで生計を立てていた頃には、まだその有難さを充分実感できてもいたようだ。

とりわけ炎天下の続く真夏の時分に、これはより切実に痛感させられた。

艀《はしけ》から引きあげられる、一塊三十キロ程の冷凍タコは、抱え持った時点で表面はベシャベシャに溶けている。

　これをひたすらパレットに積み換えるだけの単純労働は、またそれだけに時間の果てしない連続性がやりきれなかった。

なので、途中で挟まれる休憩時間は一種のオアシスには違いなかったが、如何せん、それは余りにも短かすぎた。

　まず、十時に約十五分の休憩が与えられたが、すぐさま自販機に走り、缶ジュースを飲んで煙草を二本も吸えば、それでもう作業再開と云うことになってしまう。

当然、寛ぎなぞ得られようはずもない。

　次には昼の一時間休みを迎えるが、これも日当からの天引きとなる、仕出しの箱弁を食べ終わればもうグズグズしてはいられない。埠頭の岸壁に身を平たくできるスペースを確保し、早速に横たわる。が、やはり少しでも体を休めるのが目的だから、到底寛ぎの境地とは程遠い。

三時からの十五分では、最早体力も限界に近付いている。寛ぎなぞどうでもいいから、ただ、いっとき作業の手を止めたいだけの状態だった。

したがってその心境に至るのは、結句《けっく》終業の瞬間からと云うことになる。

あの解放感は、確かに寛ぎの感覚と同種のものと思っていいかもしれない。そのあとでは、何事につけ心に余裕も取り戻せていた。煙草もうまいし、酒もうまいし、飯も大層うまかった。

だが所詮はそれも、やや長めの休憩時間と云うにしか過ぎぬ。十二時間経って朝がくると、また同じ作業が始まるのである。

私には、それが辛かった。もっと、この晴ればれした寛ぎの時間が長く続いて欲しかった。

で、ついその希求のままに、しばしば無断欠勤に及んだものである。日雇い業の気楽さで、そんな真似をしても次回の出勤を拒まれることもなかった。

これを繰り返した結果、尚と落伍者の道を突き進む恰好になってしまったのは、これすべて自業自得のなせるわざである。

その私もいつか四十半ばにさしかかり、ここ最近は僅かに原稿の仕事もくるようになった。

以前程には全寛ぎの状態でもないが、まだその合間の解放感を味わえるだけの仕事は、質量ともにこなしてはいない。まだまだ、怠惰な意味での余裕があり過ぎる。

私が真のそのひとときを体感できるのは、一体いつのことであろう。
とあれ、その為にもまずは書き続けてゆくことが肝要である。

文藝春秋企画出版部刊『喫煙室　第22集』（平24・3）

（創る人五十二人の二〇一一年日記リレー）

二月十二日（土）

十一時起床。入浴。

午後、北國新聞社の綜合誌、『北國文華』の編輯者が来宅。東京支社ではなく、金沢の本社から来られたとの由。

同誌で組む〈藤澤清造特集〉の為のインタビューと、十年前に掲載された、自分の清造小伝再録の許諾を求められる。

小一時間程度で終わるかと思いきや、延々二時間半もの談話。このところ連日インタビューが続いていたせいか、甚だ気疲れがする。

深更、一時に鶯谷の「信濃路」にゆく。

生ビール一杯、ウーロンハイ七杯に、オムレツ、肉野菜炒め、ワンタンなぞを飲み食いし、最後に生玉子入りのカレーそばをすする。

タクシーにて帰宅。

二月十三日（日）

十二時起床。

終日無為。

『新潮』に持ち込むつもりの短篇、「寒灯」との題名が浮かんでようやく書き始める態勢が整うものの、何やら気分が乗りきらず。

仕方なくサウナに行って、夜までを過ごす。

深更、缶ビール一本、宝焼酎「純」二十五度一本を、手製の赤ウインナー炒めとレトルトカレーで飲む。最後に、緑のたぬきをすすって寝る。

二月十四日（月）

十一時起床。ひどく寒い。

入浴後、十一時半からのニッポン放送「高田文夫のラジオビバリー昼ズ」を聴く。三十年来の大ファンである高田氏のこの放送は、自分にとっての欠かせぬ習慣となっている。十代の一時期には、わりと真剣にこの人への弟子入りも考えていた。中卒では到底ムリな話なので、すぐに諦めたが。

午後五時過ぎに家を出て、銀座へと向かう。『東京スポーツ』紙による、高橋三千綱氏との対談。

高橋氏と云えば、自分が中学生の時分にはスター作家の代名詞的な存在。だがそれとは別に、氏の芥川賞受賞作「九月の空」は、自分の中では青春文学屈指の作との位置付けなので、今回お会いできることにはかなりの緊張を覚える。

で、バカな自分は、その緊張の余りにやたらくだらぬことをベラベラと喋る。そしてそれを同紙の記者らが大ウケしているのに気を良くすると、更に自ら話を脱線方向へと持っていってしまう。

終了後、同席していた『東スポ』の社長より、この掲載号の一面見出しは、〈芥川賞作家西村賢太　風俗3P〉にしてみたい、との言葉を頂くが、無論これは一場の冗談であろう。

そんな見出しを付けられた日には、自分はいよいよもって、かの賞のツラ汚し的存在になりかねない。

二軒目へと移動する際に、かなり大粒の雪が降りだす。

二月十五日（火）

十一時起床。入浴。「ビバリー」。

午後三時半に家を出て、四時前に新潮社到着。

朝日、読売、日経の共同ウェブサイト『あらたにす』でのインタビュー。

小一時間で終了後、『新潮』誌の田畑、出版部の桜井の両氏と共に、六本木ヒルズのJ-WAVEへ向かう。

「JAM　THE　WORLD」のゲスト出演。

二月十六日（水）

十一時起床。入浴。「ビバリー」。

午後三時、紀尾井町の千代田放送会館へ。

NHK－BS「週刊ブックレビュー」の収録。

二月十七日（木）

先週行なった、『新潮』誌での町田康氏との対談ゲラが届く。

それを見終えたあと、新潮文庫版『廃疾かかえて』と『随筆集　一私小説書きの弁』のゲラ訂正。

前書は一昨年の夏、そして後書は一年前に、共に講談社より単行本として刊行されたものである。だが、その後のいろいろな意味でのけったくそ悪さから、今回先方の部署へは一切の相談をせず、新潮文庫に移籍さしてもらうことにした。
深更、缶ビール一本、宝一本。
スーパーで購《もと》めたイワシのお刺身と、レトルトのおでん。最後に、オリジンの白飯と錦松梅。

二月十八日（金）

十一時起床。入浴。「ビバリー」。
夕方より、東京會舘にて第百四十四回芥川賞・直木賞の授賞式。
七十九年前のこの日には、狂凍死した藤澤清造の告別式が付近で挙行されていた。
スピーチでこれを言いたいが、他の受賞者のかたがたに失礼になりかねないので、
心中でその感慨を嚙みしめる。

「新潮」（平24・3）

畏怖と畏敬——山田花子に寄せて

山田花子の創作の理解者面をするのは、甚だ気が引けることである。

いや、単にそれをしてのけるのは、別段難しき次第でもない。だが、そうしたこちらを、どこぞの物陰から山田花子その人が、シニカルな目で眺めているような気がしてならない。

成程、私はこの作家には一方的なシンパシーを感じている。と、同時にこの人のどこまでも救いのない、徹底して自己を追いつめる作風（作法も、やはり同様であったのだろう）には、どうあっても敵わない敗北感も抱いている。この人の創作に込めたエネルギーの前には、シンパシーなぞ表明するのも実際おこがましい話だ。

山田花子が最も憎んだであろう傲慢な私のような書き手をも、かような畏怖と畏敬の念を起こさせるのである。

つくづく、早逝が惜しまれる作家の一人に違いない。

商業作家としては、出るのに十年遅く、そして二十年早かったとの観がある。但《ただし》その作品群が、時代を問わぬ訴求力を持っているのは幸いであるが——。

青林工藝舎〈山田花子フェア〉冊子（平24・4）

新発見作も付して――西村賢太編『藤澤清造短篇集』

昨年の『根津権現裏』に続く、新潮文庫の藤澤清造シリーズ第二弾である。

前書は幸にして、そこそこ江湖に迎え入れられるかたちとなった。正直なところ、予想をはるかに上廻る好評を得ることにもなった。

しかしそれが五百枚にのぼる長篇であれば、今度は短篇の方の真価にふれてみたい要望が起こるのも、至極当然な成りゆきであろう。

周知のように、大正期の文芸作品は主に短篇を中心として、その百花繚乱ぶりを示している。無論、大半は掲載誌の紙幅の制約による側面はあるにしても、やはり個々の作家の真髄は、それら短篇作品に如実にあらわれているところが多い。

藤澤清造も、また然りである。

なればこそ、この十五年間を清造の〝押しかけ歿後弟子〟を自任し、それを唯一の矜恃として生きてきた私たる者、前書の校訂後には確たる要請も受けぬまま、すぐとこの第二弾の準備に取りかからざるを得なかったが、この度も同文庫編輯部の英断が再び下されたことは、何んとも有難い限りであった。

そして今回は、その準備段階において、誠にこの上ない僥倖も訪れた。

毎年恒例の、明治古典会による大市の入札会に、清造の自筆原稿三点が突如現われたのである。

いずれも短篇であるところのその三本は、私のこれまでの博捜でも、題名すらキャッチし得なかった未見の作であった。

そしてこれは、初出と推測される大阪の夕刊新聞自体が、今のところどの公共機関にも収蔵の確認が取れてはいない。したがって、その生原稿でしか内容を読めぬ作と云うことにもなるのだ。

一体に清造は、他の大正期作家に比して、もともと書簡にせよ草稿にせよ、極端なまでにその自筆類が古書市場に出てこない作家ではある。

漱石や芥川は、金さえあれば肉筆物はいつでも容易く入手することができる。それは少し下って太宰や三島にしても同様である。が、清造のようにただでさえ寡作な上、生前はもとより、死後も長いこと正当な評価を得られなかった作家は、まず往時の古書市場で原稿を商品視されぬから、保存の対象になり得ぬところがあったのである。それだけに、もし現在これらを入手しようとすれば、当時の編輯者宅の押入れにでも奇跡的に眠っていた、いわゆるウブロものの出品を待つより他はない。実際、かの大市でも清造の原稿が出てきたのは、八年前のことにまで遡るのである（無論、これは私が無事に落札したが）。

それが今回、完全揃いのかたちで三点も出てきたのだから、私の興奮は云うまでもなく、甚だ激しいものがあった。

まさに千載一遇のことであり、二度このような機会も巡ってこないであろうことから、私はこの落札に関してはキ印の札——即ち、他が絶対に追い付けぬ程の高額札で臨む次第と相成った。

結果は、多少突き上げられて、三点で計四百四万円での落札となったが、とあれ入手できたことには、心底からの安堵を覚えた。もし、これをみすみす取りこぼすような失態を犯せば、私は清造の〝殁後弟子〟なる看板を、即刻おろさざるを得なくなっていたところである。

が、これもよくよく考えてみれば、結句《けっく》はやはり芥川賞のおかげなのである。先の『根津権現裏』復刊も、すべては同賞からの余恵であることは、すでに何度か筆にものせている。今回は更に直接的に、かの受賞を機に得た印税が、該原稿の入手をよりスムースなものにしてくれた。

となれば、この三原稿は本来なら全部私の方の『清造全集』で初公開したいところだが、せめてそのうちの一作は、それに先んじて本書に収録する義務があるようにも思われる。本書もまた、元を辿ればかの一連の余恵の流れにあることは否めないからだ。

その「敵の取れるまで」と題された小品を、本書中の一種のボーナス・トラックとしてお楽しみ頂ければ幸である。

「波」(平24・5)

まだ時期尚早（「あなたは橋下徹総理を支持しますか？」）

「橋下徹総理」を支持するか、とのことだが、現時点ではやはり否であり、まだ時期尚早と云うべきであろう。

成程、氏のパフォーム含みなリーダーシップの発露には目を引くものがある。喧嘩の仕方一つ取ってもなかなか堂に入ってるし、弁護士上がりだけあって人の弱点をつくのも実に巧みである。

だが悲しいかな、それらのすべてが、どこか小泉純一郎元首相の悪しき一面であった、例のスタンドプレイの劣化コピーに見えるときがある。

反権力志向を打ちだすことは、当然大向うからヤンヤの喝采を受ける要素がある。清新なるニューリーダーの出現なぞ云う、錯覚のベールも簡単に纏わせ易かろう。が、所詮それと実際の政治力は、自ずと別物であることは云うまでもない話だ。

一体に反権力のポーズほど胡散臭いものはなく、そんなのを打ちだす者に限って、イザ自分が権力を握ったら独裁者となり、とんでもない政策に奔《はし》りがちにもなる。

これもすべて選んだ側の、民意の結果に帰されてはたまったものではない。

中身のない軽い神輿ほど、担ぐにいとも容易《たやす》きことは自明の理だが、見物すらしていない、一片の興味も寄せぬ者にまで種々尻拭いを強いるのだけは、もう勘弁してもらいたいものである。

府市政と国政とでは、政治家の責任の度合が違うことは小学生にも分かる道理であろう。

国政において、対外国との間で責任問題が生じた場合、その国の力のある政治家と太いパイプのない者が、どうして解決処理の道すじをつけられようか。今の橋下氏ではそうした問題に対峙した際には、おそらく外国からナメてかかられ、相手にもされぬに違いない。

過去には今太閤と称され、政治手腕と共に国民の人気も高かった田中角栄がいたが、この人物は生きた政治を長い時間をかけて身に沁み込ませ、良くも悪くもその真髄を摑んでいた。

一方、橋下氏は、政治の世界に入ってきたのはここ数年のことであり、怖いもの知らずの勢いとテレビ的人気だけでは、まだこの国の運命を託す気にはなれない。

現在の日本は、国内情勢は無論、対国外的にも第二次世界大戦終結時以来の一大岐路に立たされていると思う。ここで政治の舵取りをまた間違えば、今度こそ大変なこととなる。

昨年の三・一一以降、明確な将来生活のビジョンを示せた政治家は一人もいない。野田現総理にも、やはり失望せざるを得ない状況になっている。

かようなときだからこそ、一部に橋下総理待望論が起こるのも誠にむべなるかなの面はあるが、それでもまだこの局面では、氏の登板は期待しない。

たとえば小沢一郎氏のような――真の政治力、その表も裏も知り尽くしたノウハウと決断力、そして付け焼刃ではないカリスマ性を持つ政治家に、現在山積している諸問題に対し、或る程度解決へのレールを敷いてもらったそのあとで、いよいよ満を持しての登板でもよいのではないか。

またそのときになっても、現在同様に橋下氏の国民的人気が高ければ、それは本物の国民の期待感であり、氏の政治能力へのゆるぎない信頼のあらわれとも考えられる。

龍馬気取りも結構だが、私のような床屋政談レベルの者でさえ、今の状況は拙速に流れることへ対しての危機感を覚えている。

「週刊文春」（平24・5・17号）

私小説書きの素朴な疑問

（「平成維新」12人の公開質問状）

良くも悪くも、やけに目立つ人物との認識を抱いている。

昔年、テレビのバラエティー番組で分をわきまえぬ積極性（?）を発揮し、制作サイドと視聴者に自らのキャラクターを認知させたその成り上がり者根性は、実際素晴らしいものがある。

自身の役廻りを、タレントとトークで丁々発止するユニークな弁護士から、現在の立ち位置にまで移行させたその厚顔さは、皮肉な意味ではなしに、なかなか余人には真似のできない芸当である。

それだから、実際この人には全くもって興味がない。

また大阪と云う地方に対しても、もとより私にとっては何んら関係もないだけに、都になろうが州になろうがどうでもいいことである。

が、それでいて今回この一文を草しているのは、この人に限らずこれまで時折現われ、またこれからもたまさか脚光を浴びるであろう、かような政治的人物――そうした人たちのそもそもの支持層に、些か引っかかるものを感じているが故である。彼らのような人種がぶち上げる新党構想は、過去にも幾度となく表明されてきている。

一部国民は、旗ふり役である該政治的人物のアクが強ければ強い程、拡げられた大風呂敷をムヤミとよろこび、恰もブームに便乗するかのように追従するが、しかし結句《けっく》はその都度尻すぼみの肩すかしを食らわせられる羽目となる。

そんな結果の繰り返しの中で、またぞろ今回の〝橋下ブーム〟だが、やはり性懲りもなく、この一見上昇気流に巻き込まれようとする者（議員になりたい者も含めて）が異様なまでに多い。しかしその支持は、所詮この人の政策以前の独裁パフォーマンスに、テレビ的〝好感〟を抱いた層からのものが少なくないはずだ。

となれば、この人はそうした移り気な支持者たちを相手にしていて、どう日本の進路を導いてゆこうと云うのか。宰相にのぼりつめるまでは、とりあえず得意の政策パフォームを繰り拡げ、マジョリティの表層的支持を得られればそれで良しとするのか。

全くの無関心な一私小説書きの、極めて素朴な疑問である。

「文藝春秋」（平24・6）

上原善広著『日本の路地を旅する』（文春文庫）解説

被差別部落が〝路地〟とも称されることは、これまで全く知らなかった。本書によると、その呼称の元は中上健次の記述に端を発するそうである。私は風貌が少し中上健次に似ているとのことで、妙な話だがそれが故に、その作品に対しても一種の信奉者であると思われるケースがままある。

しかし実際はただの一作も読んだ経験がないので、まずこの〝路地〟の、もう一つの意味合いにはなかなかの衝撃を覚えた。平生、どこまでも本来の語の意味で何気なく口にし、普通に文章にも記す言葉である。

だから、そうした予備知識がなく本書のタイトルを眺めた場合、或いはこれを気のいいお散歩エッセイ風の内容に思う人も少なくないように思う。スローライフ提案型の、いかにも素っとぼけた味わいを意識した紀行文と思う人もあるだろう。

が、本書はそんな虫酸の走る、毒にも薬にもならぬようなヤワな駄本ではない。その内容は戦慄を覚える程に毒となり、具合が悪くなるまでの強い薬となり得るものだ。

成程本書の場合、これを紀行文と云えば、それもあながち間違いでもなかろう。但《ただし》、ここで上原氏の巡る道行きは、人間の尊厳と差別に関する数百年間の史実の旅である。旅につきものとも云える、各土地の珍味も登場するが、読者に供されるのは〈あぶらかす〉や〈ぎゅうすい〉と云った〝路地〟から生まれたソウルフードのみである。

これらの案内人たる上原氏は、自身もまた大阪の被差別部落の出身者であると云う。

なればこの紀行文に感傷の要素が入り交じるのは、至極当然のことである。否、はなから氏は、ここへ確信犯的に感傷旅行としての情緒を持たせるようにつとめている。

その点が、本書のノンフィクションのルポルタージュにあるまじき新しさと、恰《あたか》も秀逸な私小説を読んだときに感じる潔さとがある。

謂れのない差別が経《た》てきた歴史は、ただでさえデリケートな問題が、現代では尚と一層複雑なことになっている。しかし氏は、ノンフィクション作家としての単なる一テーマとして本書に取り組んだわけではない。諸刃の剣になることを承知の上で、部分的にはあえて臆さず、自らの感傷を前面に押し出し、自身の全存在を賭しての矜持を垣間見せているのだ。

　これは凡百の学者なぞには、到底なし得ぬ芸当である。

　柳田國男や宮本常一と云った優れた民俗学者の開いた道を、中学時代はシンナーを吸っていた悪ガキ上がりの氏が、自らの独自の方法で疾走しているのは何んとも痛快である。

　それにしても、本書の終章の叙述はしみじみ美しい。

　無論、風景や自然描写のそれを指してのことではない。性犯罪で服役し、その後、石もて追われるように沖縄へと流れていった実兄との再会は、第一章における幼年時代のプラットホームでの思い出と相俟って、息苦しい程のやるせなさがある。

　ここでも氏は、幼女に対して恥ずべき行為をしてのけた実兄を、少なくとも差別的視点で眺めることはしない。自分がその立場に堕ちなくて良かったとの、極めて当然な本音の感慨は抱いても、同じく〝路地〟で生まれ育った、文字通りの同胞たる実兄に、親族に対する或る一定の、普遍的嫌悪感以上の冷ややかな目を向けることはないのである。

身内に性犯罪者のいる人生と云うのは、甚だ厄介なものだ。

被害者のことを思えば、たとえ当事者が何年の服役刑を受けたところで、それですべてが許されるわけではないし、その加害者家族も罪なき罰を一生強いられる羽目になるのである。

私は私小説書きを看板に掲げているくせに、まだ三十数年前の、実父の性犯罪のことを正面きっては書けていない。配慮と云えば、偏《ひとえ》に被害者のかたに対する配慮の面もあるが、実のところそれと同等に、自身の痛みを恐れている部分がある。

私小説書きの中には自らにさしたる傷もない余り、親戚の自殺（は、こちらにも経験はあるが）をさも自身の苦悩事のごとく、田舎者根性丸出しの深刻ぶった文章で書き上げると云う、何んとも敬して遠ざけたい作風の者もあるにはあるが、まことに笑止千万である。

いったいに性犯罪は、刑房で最も蔑まれる類の罪だと云うが、それを親兄弟に持つものも、それから何年の時を経ようが未だ針の筵《むしろ》の状態なのである。

だが同じくその座上にある氏は、ノンフィクションならではの透徹な描きかたの中に、ここでは私小説の筆致の要素を加えた上で、果敢にその難関へと踏み込んだ。それは必ずしも正面きったものではないにしても、意気込むでもなく、弁護するでもなく、極めて客観的、かつ物語的に、見事な一つのスタイルを提示してみせたのである。

この確かな手腕を見て、往時、文芸誌編輯者が氏に私小説執筆の要請をかけたのは、全くさもありなんな話だ。

身体を張ったその文章を、向後ルポの合間にでもいいから、たまさかこの方面にも向けて頂きたく願うのは、氏に対してそう非礼な言い分にも当たらぬであろう。

文藝春秋刊『日本の路地を旅する』（上原善広著・平24・6）

非有権者の感想　ＡＫＢ48選抜総選挙を見て

先日、ＡＫＢ総選挙と云うのを見にゆく流れとなった。

いったいに私は年相応に、かようなアイドルの世界にはうとい方である。インタビュー等では一場の戯れ事として、聞きかじりの、できるだけ目新しそうなその種の名前を挙げてファンだなぞと答えることもあるが、なに、実際は顔かたちもハッキリ把握してはいないのである。

が、そんな私も、今回が四回目だと云うこの大がかりなイベントのことは、昨年あたりから週刊誌の記事等で、何んとなく知ってはいた。

そして今年の一月だったかには、或るスポーツ紙の依頼でこの集団の「リクエストアワー」なる催しの観覧記を書いたこともある。初めてそのライブ会場に足を運んだが、このときは私のような、本来どこまでも無関心でありたい者をも瞠目させる演出が楽しく、かの歌と踊りにはそれなりに魅了されるところはあった。

だから今回も、一部で社会現象とまで喧伝される、この「総選挙」を、共同通信からすすめられるままに見にゆくことになったのである。

で、その当日昼すぎより、武道館に程近い半蔵門に出ばった私は、まず週刊誌企画の某対談をすませ、それからは夕刻まで神保町にて古書を見つつ、ひたすらに時間をつぶした。

そして頃合いに九段の方へと向かってみると、この日は三笠宮家の御不幸で、界隈は別種の騒然とした雰囲気があった。世が世なら、国民皆喪に服すタイミングの中、武道館の門をくぐったのである。

五時を回っているため、すでに入り口には長蛇の列ができ、少し離れたところにはチケットを取れず、会場には入れない数百人もの若者が佇んでいた。

その空間からは、不覚を取ったかたちの、無念やるかたない熱きエネルギーが立ちのぼっている。

これに私は何やら申し訳ない気分にもなり、ひどく肩身の狭い思いで会場内へと入ったが、この時点で、とにかく運良く（？）座を占める以上は、このライブを心ゆくまで楽しむべきとの思いを強めた。

オープニングで各グループの歌が始まったときは、これならそれも十分可能か、と思った。

が、此度《こたび》の本来の眼目である「総選挙」が始まると、私はみるみる取り残されてゆく格好となった。

どうしてもこの手の人気投票には、その対象となる、個々のメンバーに対する思い入れや知識がなければ勝手がつかめぬところがある。

順次名前を読み上げられるメンバーにつき、同行した記者のかたが前回の順位等、たまさかに耳うちしてくれるのだが、そも誰が誰だかこちらにはサッパリ分からないので、〝神7〟なる上位の変動もまるでピンとこないのである。見どころと云えば、各自順位確定後のコメントでもあろうが、やはりそのバックボーンを知るところがない身には、いささかも気持ちをゆさぶられることはなかった。

結句《けっく》、私が〝非有権者〟であるのがいけなかったに違いない。

場内外の感動と興奮の坩堝《るつぼ》の中、自分とはまるで無関係な国における総選挙の開票結果——それをぼんやり眺める異邦人が、一人うっかり交じっていたと云う図ではあった。

共同通信（平24・6）

大人を見上げる思い ——日活100周年　わが青春のロマンポルノ女優

私は過去にロマンポルノを観た経験が殆どない。現在も、いわゆるAVを眺めると云う習慣は皆無なのである。

いったいに、映像よりもエロ本派である。

他人の絡みを眺め、男優のフィニッシュに合わせて自分も果てるなぞ云うセンズリは、これは断固拒否したい。

ただささえ慢性的な女早《ひで》りの我が身に、かてて加えての虚しさを塗り重ねる必要もないのである。

その点エロ本であれば、かの被写体たる女の相手は、常に自分でいられるのだ。

そのイマジネーションの中では一切の余計な人物の映り込みもなく、どこまでも自らを主体とし、かの対手にいかようなプレイを行なうも自由なのである。

なので、未だもっぱらエロ本を愛用しているクチだが、ロマンポルノとなると、その鑑賞の目的は些か趣きも違っていよう。

余程のアレな者でない限り、映画館のスクリーンを眺めて自慰に耽る奴もなかろうし、そもそも映画としてのストーリー性も孕む以上、これはＡＶと同日に語ることもできまい。

が、先にも述べたように、根が極めて実利主義にできてる私は、十五歳で一人暮しを始めて以降も、往時その手のものを観る為に、わざわざ映画館へ足を運んだ様《ためし》はなかった。

代わりに『近代映画』誌等で、当時の人気ポルノ女優の裸身にしばしばお世話になったものである。あの若年時に目の当たりにした興奮は、実際何んとも得難いものがあった。

しかしそれでいながら、今、それらの女優の顔や裸体に全く印象がないのは、結《けっ》句《く》私がどこまでも生身の（金銭を介してのものだが）本番好みの質にできているが故であろう。

そんな私にとっては、むしろそれより少し遡る少年時、僅かに瞥見したところのそのジャンルの女優の姿に、何やら遠く微かな追憶があるようだ。

その最たる存在は、宮下順子である。

当時小学六年生だった私はえらく推理小説が好きで、親から貰う月の小遣い等は、殆ど角川文庫のその手のものの購入に充てていた。

そのうちの一冊に、坂口安吾の『不連続殺人事件』があった。

で、このカバーは七七年に曽根中生監督によって映画化された際のスチールを使っていたが、それが松橋登演じる変態医師の魔手にかかった宮下順子のワンシーンであり、そこには片方のバストが、完全に露わにもなっている。

これはまだエロ本すら眺め得ず、ひたすらに女の裸体に思いを馳せていた私には、十分に強烈な刺激だった。

当然、このカバーは曩時《のうじ》の唯一無二の材料として重宝し、半ば該女優に恋慕しかける始末にもなったものである。

だからその四、五年後、飯田橋のギンレイホール地下に、宮下順子主演作のポスターが掲げられているのを見たときは、このときばかりは迷わずそこの階段を下りてゆく流れともなった次第だ。

それだけの縁ながら、今でもロマンポルノと云うと、或る種、大人を見上げる思いで、かの女優の姿が脳中に浮かぶ。

「週刊文春」（平24・7月12日号）

夏の風物詩

私は至って夜型にできている。これは昔からその傾向はあったが、殊に最近では日の高いときに原稿を書くような様《ため》しは、まずなくなった。深更から明け方までの、五時間程に集中する習いとなっている。

そして作業にはかがゆこうがゆくまいが、そのあとでは必ず酒を飲む。

無論、その時間帯だから室内でそのまま飲むのだが、これは近年一日も欠かしたことがない。興が乗り、原稿の下書きが異様に進んでいるときでも同じである。無理矢理にやめて、晩酌の仕度を始めてしまう。明け方になると、体の方でアルコールを欲し、もう集中を持続できなくなるのだ。

その私が毎晩（朝？）欠かさないのは、甲類焼酎の七百二十ミリリットルのボトル一本である。大抵水道水で割って飲み、肴は缶詰やレトルトのカレー等を好むが、たまさかに自分で肉野菜炒めなぞを作るときもある。

これらを何も考えず、病人が水薬を服む態《てい》で口に運ぶのだが、当人にとりその時間は、極めて幸せなひとときなのである。

が、その晩酌は今のこの時期、些か虚しくなることも多い。窓外はまだ明けの四時なのに、すでに初夏の青空が拡がっている。

先にも云ったように、私は根が至ってモグラ体質にできてるので、朝の陽光はどうにもいたたまれないものがあるのだ。加えてその光は、しみじみ自分が冴えない人生を送る、どうしようもないダメ人間であることの深省をヘンに促してもくる。

しかしそれでも時間を前倒しすることもなく、四季を通じてこの習慣を続けているところをみると、私自身、これはこれで一種自らの〝夏の風物詩的感慨〟として、半ば楽しく甘受しているところがあるのやもしれぬ。

「週刊文春」JT広告エッセイ〈喫煙室〉(平24・7月19日号)

「苦役列車」のこと

拙作「苦役列車」は、文芸誌『新潮』の平成二十二年十二月号に発表した中篇である。

これを書きだした当時の私の心境は、甚だやたけたなものだった。

それに遡ること六年前に、初めて商業文芸誌に自作が載るようになって以降、野間文芸新人賞（いわば〝講談社版の芥川賞〟と云うべきもの）も受け、すでに自著も十種のものがでていたから、或いは傍目には、そこそこ順風満帆な道行きに見えていたかもしれない。

だが内実は、私の私小説書き生命は最早風前の灯しび状態にあった。

ただでさえ数の少ない現今の純文学雑誌のうち、私の小説を採ってくれるところは『新潮』ただの一誌きりと云う状況になっていた。

人間性に対する嫌悪と小説の評価を一緒くたにするのが、今の文芸誌のサラリーマン編輯者の慊《あきたりな》い、最たる点である。

が、現にそうして無意味に干されている以上は仕方がない。

意地づくで腹を決め、まず手始めに、無名作家として生きてゆく諦観を自らに強いた、「落ちぶれて袖に涙のふりかかる」を書いた。

そしてその五日後から、該作「苦役列車」を、些かの熱情を込めつつ十二日間かけて書き上げた。

このとき私の心の中には、徒手空拳のくせして何故か傲然と生きていた、自身の十九歳時の気持ちがハッキリと蘇えってきたのである。

それだけに、私のこの作に対する思い入れは、いつになく、いろいろな意味で深いものがある。

図らずも、また立ち上がってきたかたちとなった貫多が、今般、本来無関係なる者の手により、活字の世界以外でその生き恥を晒す次第となったのは、そのこと自体はやはり喜ばしく捉えるべきであろう。

映画「苦役列車」パンフレット（平24・7）

（本のソムリエ）

【設問（抜粋）】

「人生マイナス思考」の四十三歳主婦。日々が辛《つら》い私を助けてくれる本は？

ぼくと同世代のかたですね。

性別の違いこそあれ、人生マイナス思考の点は全く共通しています。ぼくのような者と共通項があるなぞ云われては面白くないでしょうが、まあ、世間の大抵の人間はマイナス思考にできているものです。何もそんなことで自分を責めるがものはないんですが、しかしそれでも何がしかの救いを求めたいと云うのであれば、私小説を読んでみてはいかがでしょうか。

優れた私小説の書き手は、皆このマイナス思考と自意識の強さを抱えています。

が、ただ抱えるだけではなく、その厄介さと正面から向き合ってもいます。この向き合いかたが自虐的であれ露悪的であれ、作者にとってはどこまでも本気のものであるからこそ、同じ辛さや生き難さを感じている人に或る種の共感を呼ぶのでしょう。

今、四十三歳であれば、川崎長太郎の『鳳仙花』（講談社文芸文庫）や『抹香町・路傍』（同）がいいかもしれません。六十過ぎまで独身に甘んじ、うそ寒い環境におかれた自身の日々を一貫して描き続けた作家です。

けれどその作品群は、自虐を描いているようで実は全くその逆だと云う、至極したたかな側面を持っている。マイナス思考の目で眺めれば、作者の道行きはえらく不様なものに見えますが、当人はそれを見事逆手に取っている。

どこかあなたと、一脈相通ずるところがあるように思います。俯きながらの不屈な在りかたを示した私小説群です。

「読売新聞」（平24・7・15）

コーヒーの用途

ご多分にもれず、原稿書きの最中はコーヒーをやたらに飲む方である。

が、私の場合本来の（と云うのも変なものだが）コーヒー好きかと問われれば、俄かにその返答には窮してしまう。何しろ、平生愛飲しているのは缶コーヒーであるし、その目的たるや、一には利尿の作用を期待してのことでもあるからだ。

いったいに二十代の時分から痛風持ちの私は、常日頃その種の処方薬を服用してはいる。だがこれを頓服していても、どうかすると尿酸がおさまらず、起きぬけに足首の関節が腫れ上がることはたまさかある。

だから処方薬の補助的意味合いで、利尿作用もあるらしきコーヒー常飲の習慣がいつの頃からかついていたが、如何《いかん》せん根がひどく不精にできてる故に、インスタントのものすら自分で作るのは面倒臭い。なのでもっぱら不経済でも手軽な、ブラックの缶コーヒーを口にする流れとなっているが、確かにこれはこちらの尿酸排出の目的を果たす効用が私にはあるようだ。無論、原稿書きの際も四、五時間のうちに三、四本飲むこともあるから、このコーヒーと云うのは、私のような駄文書きにも案外の好伴侶となり得ているのであろう。

しかし、それでいて外へ出ると、滅多にコーヒーを飲むことはない。もともと喫茶店に一人で入る習慣は持たぬのだが、たまに入ってもコーヒー以外のものを注文している。

つまり、なければないで一向に構わないのだ。

なればコーヒーとは、はな実利を目当てに近づき、惰性でその交情が続いている、或る種の男女関係にも似たり——なぞと、いかにも広告エッセイらしき、小洒落た感じでまとめてみたかったが、しかしそれは、所詮私のような不様な痛風野郎の選ぶオチでもなかろう。

「週刊文春」JT広告エッセイ〈喫煙室〉(平24・7月26日号)

いつも通りの私小説、これでいい（この人の月間日記）

六月一日（金）

夕方、『ブルータス』誌の企画で、ミュージシャンの志磨遼平氏と対談。七月に公開される拙作の映画化「苦役列車」では、氏が新結成したバンド、ドレスコーズのデビュー曲を主題歌として使わせて頂くらしい。そのご縁での初めての対面。

場所は例によって新潮社本館の会議室。昨年、『新潮』所載の作で芥川賞を得て以来、殆どのインタビュー取材等は同社で行なうようになっている。

昨年の暮に、武道館での公演を以ってそれまでのバンドを解散させた志磨氏は、アイシャドウなぞを施して、見るからに〝ビジュアル系バンド〟のイメージ通りの感じだが、大変な文学好きであるらしく、その発言の一語一語は非常に慎重、かつ真摯で、何んとも好もしい印象がある。

最後に互いのサインを交換したのだが、氏が差しだした拙著には、ブックオフの値札シール（六百五十円）が貼ってあった。

冗談で抗議すると、実にいい笑顔で恐縮して下さる。

六月二日（土）

先週見本が届いた拙著、『随筆集　一日』（文藝春秋）の、版元代送分以外の寄贈本を自室にて作る。エッセイ集としては二冊目となるもの。

これには手紙を添えて署名を入れるが、極めて個人的な交遊相手故、版元にその住所氏名を知られるのは些か憚られる。

しかし、つくづく思うのは、自分はこと著書に関しては妙に恵まれたところがあることだ。

いったいに自分は、現在五誌程存在する、主だった純文学系の雑誌のうち、実際に書かして貰えるのは『新潮』と『文學界』の二誌のみである。

イヤ、『文學界』も一昨年までは当時の編輯長の意向で無意味に干されていたから、都合四誌から意図的に無視されていたわけである。

これは新人の書き手にとっては、まこと致命的な処遇である。すべては文芸誌編輯者をバカ呼ばわりしていた自分の自業自得の面はあるが、えてしてこのバカ編輯者連中は、驚く程に打たれ弱いからイヤになってしまう。

が、これだけ干されていながら、自分は二〇〇六年に処女創作集が上梓されて以降、編著や共著は除いた単著だけに限っても、この六年間ですでに二十冊の自著がある。

そのうちの半分は芥川賞以後に刊行されたものだが、それ以前でもかの状況にあって、よく十冊も出ていたものだと自分でも感嘆する。

周知のように、純文学系の小説は単行本もそうだが、それ以上に文庫に入ることがなかなかに難しい。その中にあって受賞以前に随筆集まで出ていたことは、奇蹟にも等しいのではないか。

各純文誌の編輯者に好かれ、満遍なく単発のエッセイやら書評やらに登用される書き手がいるが、その実、それらの人は殆ど文庫には入らぬし、書き手としては到底生活が成り立っていない。

しかし自分は現在のところ、何んとなく原稿収入のみで最低限食っていけてるので、そうしてみると『群像』『文藝』『すばる』の編輯者を無能のゴミ呼ばわりしてきても、何んら自分の損にはならなかったことが意外と云えば意外である。

それなりの覚悟を持って、そう公言していたものだが。

六月四日（月）

『小説現代』誌の連載エッセイ「東京者がたり」の第六回目を書く。

今回は〝上野〟篇。が、冒頭にさわりのつもりで、映画「苦役列車」の余りの駄作ぶりに言及したら、アッと云う間にまるまる一話分埋まってしまった。

で、仕方なくこれは、来月と分けて前後二回での一話とする。

六月五日（火）

夕方、新潮社に赴く。

『キネマ旬報』誌のインタビュー取材。

終了後、『新潮』誌、それと文庫で窓口役になって頂いている二名の編輯者と早稲田鶴巻町におりてゆき、蕎麦屋で一杯飲む。

お刺身、冷やしトマト、もつ煮込み、砂肝炒め等食べたあと、最後に冷やし中華をする。

今年初めての冷やしだが、たまに食べると本当においしい。

六月六日（水）

正午過ぎから、半蔵門のホテルでテリー伊藤氏と対談。

『週刊アサヒ芸能』での、氏の連載対談のゲストに呼んで頂いたもの。

昨日の『キネ旬』同様、映画「苦役列車」の不満をぶち撒けるが、やはり『キネ旬』同様、その部分は殆ど記事では使われぬことであろう。

終わってから神保町へゆき、古書店をひとわたりパトロールして時間を潰す。

夕方になり、頃合に九段の方へ歩いてゆくと、どことなくその界隈が騒然とした雰囲気になっている。

あとで知ったところでは、つい先刻、三笠宮家に御不幸があったとのことだが、世が世なら、国民皆喪に服すべきこのタイミングの中、日本武道館の門を潜る次第となった。

で、AKB48の総選挙と云うのを見る。

共同通信の依頼で、その観覧記を書く為のものだが、いつだったか自分はこの集団によるライブの同種のものを、或るスポーツ紙の要請で書いたこともあった。

インタビュー等で、あくまでも一場の戯言《ざれごと》として、聞きかじりのその種の名前を挙げてファンだなぞと答えたこともあった為か、妙にこの手の依頼や電話取材がくる。が、なに実際は、そのメンバーの個々の顔かたちも確と把握はしていないのである。

場外には、チケットを取り損なった熱狂的ファンが数百人佇んでいた。なれば自分も何がなし、これは真剣に見なければ申し訳ない気分になったが、如何んせん誰が誰やら分からぬし、順位確定後のそれぞれの感動のコメントも、そのバックボーンを一切知るところがないのだから、何んら伝わるものもない。

結句《けっく》、自分が完全なる〝非有権者〟であるのがいけなかったのだろう。

一位発表と同時に、同行の記者氏に断わってお役ご免とさせて頂いた。

かにかくに、場内外の感動と興奮の坩堝《るつぼ》の中にあり、自分とは無関係な国における総選挙の開票結果――それをボンヤリ眺める異邦人が一人まぎれ込んでいたと云う図ではあった。

六月七日（木）

『文學界』七月号が届く。

拙作「脳中の冥路」掲載号。四十五枚の短篇で、いつも通りの私小説。そしていつも通りの平凡な出来。

が、これでいい。一作ごとに趣向をこらし、傾向を変えるのも小説の実験ならば、常に相変わらずのものを書き続けてみせるのも、紛れもなく私小説家の腕の見せどころである。

『週刊文春』での、〈にっかつロマンポルノ女優〉特集の原稿を、「大人を見上げる思い」との題で書く。

六月八日（金）

一昨日の武道館での観覧記を、「非有権者の感想」と題して書く。

が、新聞、通信社系で書いた原稿は大抵題名を勝手に変えられるから、此度《こたび》のも各紙によってまちまちの、見出し的なものに強制変更されるのであろう。妙な慣習である。

続いてJTの広告エッセイ「喫煙室」用の原稿にも着手。二枚弱のものを二種類。それぞれ「夏の風物詩」「コーヒーの用途」と、極めて月並な題を付す。

六月九日（土）

夕方五時到着を目指して、お台場へ向かう。

まずフジテレビ本社にて、同社内の喫茶店でもって東海テレビの番組ディレクターと打ち合わせ。十四日に名古屋で収録する、深夜特番のロケの件。

終了後、〝お台場ヴィーナスフォート〟に移動。

楽屋に通され、稲垣潤一氏と三度目となる対面。

最初はテレビ番組での収録で、そして二度目は氏のディナーショーに招待して頂いてのことだったが、今回は六月十三日にリリースされる、最新カバーアルバムの記念トークショーでのゲストに呼んで下すってのもの。

そのプロモーションで全国を巡り、直前まで仙台でイベントを行なっていた氏に対し、自分は今回もまた図々しく、此度の『ある恋の物語』の限定盤、通常盤二種のライナーノーツと、宣伝用ポスターにサインを所望してしまう。

と、氏は今回もやはり、微笑を湛えてこれに快く応じて下さるのである。

前回お会いした際には、氏に色紙までもお願いしてしまっていた。いろいろなかたにお会いする機会も増えたが、自分がその種の揮毫まで依頼したのは氏と、石原慎太郎氏のお二方のみである。そも、このお二方以外のものは全く必要としない。

自分の稲垣潤一ファン歴は長い。一九八二年の、デビュー直後の頃からだ。「夜のヒットスタジオ」で、デビュー曲である「雨のリグレット」を歌う稲垣氏を見たとき、その曲調もさることながら、ドラムを叩きながら歌うと云うスタイルに、何か魅了されるかたちとなった。そして数日後にはレコードを買いにゆき、以降丸三十年、氏の曲は自分の最も身近なものにあり続けている。

拙作では同棲相手の趣味として、氏のお名前を度々登場させてしまっているが、これは実際の彼女は自分の影響で氏の大ファンになっていたものだった。

それだから自分にとって稲垣氏は、未だ極度の緊張なしでは向き合えぬ眩しき存在なのである。

盛況の場内は、やはり、と云うべきか女性の姿が多かった。

僭越にも稲垣氏の横に並べさせてもらった自分は、まず、その眼前の、自分と同様の稲垣ファンのかたがたに対し、自分のようなものが稲垣潤一ファンであることを謝罪した。そして、上品なかたから自分のようなゴキブリみたいな男までが等しくファンであることを〝稲垣潤一〟の裾野の広さである旨を力説し、自分もこのままファンであり続けさしてもらえることを嘆願した。

不様な卑屈さではあるが、この哀願は全く本心から依って来たるものであった。

それにしても、氏のシルキーボイスは変わらない。この点のみ、私小説の文章芸と一脈相通ずるものは確かにあろう。

が、氏はそのボイスを保ったまま、今回のアルバムでは外国のメジャーナンバーを日本語で全カバーし、絶えず自らへの新しき挑戦を続けておられる。ここがえらい違いである。

六月十一日（月）

夕方、新潮社に行って映画絡みの雑用を一束片付ける。

終了後、『新潮』誌の編輯者、及びこの日は珍しく、互いに嫌い合っている同誌の編輯長も加わって、四谷三丁目で仲良く焼肉を食べる。

六月十二日（火）

『週刊現代』誌の企画で、俳優の六角精児氏と対談。

氏は以前、テレビの書評番組に出られたとき、拙著を大変好意的に評して下すっていた。いつかお目にかかってお礼を述べたく思っていたのが、此度実現する運びとなる。

独得の話術は、どこか名人芸を聴いている気分にさせる。「相棒」での役柄は落語通の鑑識課員と云うこともあり、ご本人もさぞかしと思いきや、意外にも落語にはさしたる興味もないとのこと。

メールアドレスを交換し合い、再会を約す。

六月十三日（水）

テレビ朝日本社にて、「Qさま!! プレッシャーSTUDY」の収録。

前回同様、〝雑草インテリ軍団〟の一員として出演。前々回は〝ブサイクインテリ軍団〟の一員だった。芥川賞作家としては、なかなかに得られぬおいしい括り。二問不正解し、他の雑草のかたがたの足を引っ張る。

帰宅後、映画「苦役列車」劇場用パンフレットへの一文を、『「苦役列車」のこと』と題して二枚書く。

六月十四日（木）

ゲラ四種に訂正を入れて、それぞれファクシミリにて返送後、新幹線で名古屋に向かう。

東海テレビ「有吉弘行のヘベレケ」のロケ収録。

有吉氏と石川梨華氏が名古屋を飲み歩き、各店で遭遇するゲスト（狩野英孝氏、吉木りさ氏）とトークを繰り広げると云う、深夜帯のバラエティー特番。

自分は三軒目の、「世界の山ちゃん」復刻店にて待機。

夜九時過ぎに終了後、居酒屋での打ち上げに参加。

座敷席で、自分の左隣りには吉木氏、右隣りには東海テレビの二年目美人アナウンサーと云う得難い幸運。有吉、狩野氏の尻馬に乗り、年甲斐もなく大いにはしゃぐ。

いったん散会ののち、有吉、狩野氏、そして数名のスタッフの方と共に店を変えて、二時半まで飲ませて頂く。

六月十五日（金）

名古屋のホテルを十時過ぎにチェックアウトし、真っ直ぐ帰京、帰宅。

新潮文庫での窓口担当者より、文庫版『苦役列車』三刷決定の知らせ。四月の発刊以降、一回の刷部数が、自分にとってはこれまで経験したことのない多さである。

今回より帯のデザインも変わるとのこと。

夕方、改めて室を出て、文藝春秋へと向かう。

同社の一室にて、『日経エンタテインメント！』八月号でのインタビュー取材。

本の特集頁での、純文学関連の項に使用するものらしい。

文春出版局での、新しく窓口役となって下すった編集者に一杯奢って——もらってから帰宅。

六月十七日（日）

夜、買淫。実に、ちょうど二十日ぶり。心地良し。

六月十八日（月）

数日前に届いていた、『野性時代』七月号と文春文庫六月の新刊、上原善広氏著『日本の路地を旅する』を開く。

前者は連載エッセイ「一私小説書きの独語」第十一回目掲載号。後者の大宅壮一ノンフィクション賞受賞本には、巻末に解説を書かして頂いた。

ざっと読み返した流れで、「独語」第十二回目を書きだしてみたが、ここでも冒頭は映画の慊《あきたりな》い点に触れてしまう。

イヤ、触れざるを得ないと云うべきか。

六月十九日（火）

夕方、また例によって新潮社に赴き、インタビュー取材。

『テレビブロス』次号での、映画「苦役列車」特集用のもの。

これにて、とりあえずの映画に対する宣伝協力（なぞ云うのは、些かおこがましいが）はすべて終了。

対談で断わったものもあるが、原作者としての一応の義理は果たした格好になろう。

成程、自分はこの映画には否定的である。初号試写と云うので一度観て、二度観る必要はまったく感じなかった。

当初制作サイドには、原作者一切不介入の旨を明確に告げ、どうとでも好きなようにして下さるようお願いしておいた。

だからストーリーの改変もオリジナルキャラクターのネジ込みも、殆ど他人事として了解してもいた。

しかしそれらはあくまでも、改変することによって映画ならではの魅力を打ちだし、かつ、それで原作をはるかに超えるものを創り上げると云う、基本的な不文律の上に基づいての了解である。

残念ながらこの映画は、自分の目から見て到底その域には達していない、極めての〝お粗末な青春ムービー〟であった。

原作の改変は改悪以外の何ものでもなく、まこと中途半端な陳腐さのみが、観終わったあとに残るのである。

主人公（即ち、原作中での自分）役の俳優苦心の役作りも、その没入性には頭が下がる一方、いかにもコミュ障然としたデロデロな口調の喋り方は、目を通した脚本の時点では気付かなかったが、スクリーンを通して初めて見たら、耳を覆いたい気分になった。

この主人公は、私小説たる自分のほぼ全作を通じて登場するが、単に「苦役列車」のみに限っても、自分はこれをイヤミなまでに江戸っ子意識を振りかざす男として書いている。

恰もその意識のみが、自身唯一の矜持の立脚点であることを、ハッキリと分かるように書いている。

それがかような、何か脳に欠落でもあるかのような台詞の言い廻しをされたなら、いくら好きなようにやってくれと云っても、これはそもそもこの原作を使った意味すら判然とせぬものになってしまう。

第一、拙作中で絶えず明記している、中学卒業と同時に日雇いに従事せざるを得なかった主人公の性質を、イコール人との距離の取りかたが分からぬ半コミュ障に結びつけた映画版の設定はいかにも短絡的だ。

自身がそうであったように、年少時よりそうした状況に甘んじる者は、人一倍廻りの顔色を窺い、努めてなつこく振舞うものである。そうしなければ、生活の為の世渡りができなかったのだ。映画版は、その辺の機微が全く解っていない。

所詮、親のスネをかじり、まともな進学コースを経てきた人間が、空想と観念で拙作をいじったことが間違いなのだ。

つまり、原作の世界観を全く理解し得ない者が、一ビジネスとしてしたり顔で撮り、演じているだけの猿芝居にしか過ぎないのである。迂闊にも自分は、試写を観るまではこの当然と云えば当然の結果に思いが巡らなかった。

が、それもいい。この映画を、監督や出演者目当てに観て、拍手喝采を贈る観客は少なからずいることであろう。確かに自分の目にも、部分的には実に魅力的な場面や、映画ならではの素晴らしい演出は確かに感じられた。これは通り一遍のエクスキューズではなく、本心からそう思っている。

しかし、「苦役」の意味、そして「列車」の意味。この肝心の点が拙作の意図するところと乖離し、顧みないこの映画に、「苦役列車」を原作に使い、タイトルに使い、自分の分身をも主人公に据えた事実の意味が、果たしてどれほどあるものだろうか。

だから自分はこの映画を、自身の創作絡みの周辺においての一汚点とせざるを得ないし、これは結果的に全く迷惑なことにも思っている。こんな出来だったら、拙作に関わって欲しくなかった。

但《ただし》、最早自分の名が原作に掲げられている以上、映画宣伝としてのインタビューや、その用途での一文中では、先の魅力的な場面、素晴らしき演出の美点のみ言及する。それらは悪評を述べる場ではない。

最低限のエチケットとしてこれは敢行するが、それだけに批判は批判として、宣伝媒体以外のところで吐露せざるを得ないであろう。

無論、一方でこの映画にはプログラム・ピクチュアの不利をはね返すヒットをしてもらいたいし、江湖の好評をも大いに獲得して頂きたく思っている。

なぜならば、そうなれば原作の文庫本も比例して売れるだろうし、向後出るであろうDVDのセールにも影響があらわれるはずである。後者は映画原作料とは別に、自分の懐に更なる二次使用料が入ってくるから、やはり多方面に評判は高まって欲しいのである。

だから、この点のみにおいて、自分はかの映画の高評を祈るや切なのだ。

これには案外、原作者による全否定と云うのも集客において一効果あろうし、そんな言う程はヒドくない、との却っての讃辞を得る上でもプラスになるのではないか。

となると、自分は実にネガティブながらも有益に、この映画の宣伝の為に腐心している図にもなる。

まことに見上げた原作者だ。

六月二十日（水）

『新潮』八月号用のエッセイを書く。

「結句、慊い」と題して七枚。

六月二十一日（木）

『en－taxi』誌の企画で、木内昇氏と対談。

第百四十四回の芥川賞受賞者が朝吹真理子氏と自分なら、直木賞の方は氏と道尾秀介氏のお二人であった。

往時は記者会見の折も授賞式の際も、挨拶程度の言葉しか交わせぬ（周囲の）状況だった。

初めて、三時間程ゆっくりとお話をさして頂く。

同年齢で共に東京出身。デビュー年も二〇〇四年で同じなら、互いに新人賞を経てないことも共通している。

ご自身の仕事に対する厳しさに、脱帽する。

「文藝春秋」(平24・8)

結句、慊《あきたりな》い

今般、拙作を原作とする映画が公開されることとなった。

この流れは拙作にとっても、また作者たる私にとっても、まことに歓迎すべきものではあった。

映画化によって得る有形無形のメリットの点ばかりでなく、余程の偏屈者か強烈な自己愛病者でもない限り、自作にその種の話がきて喜ばぬ書き手はまずいないであろう。殊に根が人一倍俗物にできてる私は、陰気な自作にかような光が当たることを、はな単純に誇らしく感じたものである。

洋画邦画を問わず、私は最近の映画のことにまるで疎いのだが、何んでもそれを手がける監督は、今、若手の注目株として斯界の評論家や自称の〝映画通〟なぞの評価が異様に高いらしく(要するに、文芸誌によくいるタイプでもあるが)、この点でもどのようなものが出来上がるのか、甚だ楽しみなところであった。潤沢な予算こそかけぬものの、しかしそれ故にプログラム・ピクチュアならではの魅力の圧縮を期待したのである。

が、とは云え私の期待は、実際ここまでであった。

正直なところ、私は拙作を原作とした場合、その映像化は余程脚本に工夫をこらさない限り、まず観賞に耐えぬものになろうと思っていた。

これ即ち、そもそもの因は偏に拙作のつまらなさによるものではあるが、加えてそこには該原作が私小説と云う、極めて窮屈な制約を伴うジャンルである点も大きく関わっている。

当初私は、この映画のクランクインを報じるスポーツ紙に、次のような一節を含む文章を発表した。

〈この小説には大向こう受けする要素が一切ない。多彩な登場人物もなければ、起伏に富んだストーリーもない。一人の落伍者の内面描写が眼目だから、いわば活字でしか成立し得ない世界だ。(後略)〉

これは良い意味でも悪い意味でも、全くの本音である。だからこその〝期待〟であり、だからこその諦観の表明でもあった。

なので制作サイドには初手より原作者一切不介入を伝え、監督、脚本担当者と初めて顔を合わせたときには、遠慮なく拙作をブチ毀して下さるようにお願いもした。

それもまた、すべて私の本音である。実際、どれだけストーリーを改変しようが、オリジナルキャラクターをネジ込もうが、一向にかまわなかったのである。

それが、原作を超えたものとなっている限りは。

無論、私のような書き手がかようなことを述べるのは、何んともバカげた、実に僭越沙汰の思い上がりに違いあるまい。無名作家らしく、少なからぬ原作料を貰える映画化を、ただひたすらに有難く思うのが分相応と云うべきではあろう。

だが私が該作を書いたのは、最早商業誌での私小説書き生命も風前の灯しびにあった頃である。どこからも随筆一本依頼もなく、持ち込みを受け付けてくれるのは『新潮』ただの一誌きりと云う状況でもあった。

それが故、消え去る前にせめて一矢報いるべく、立て続けに書き上げたうちの一篇と云う経緯もあり、私のこの愚作に対する思い入れは、いつになく深いものがある。

なればこそ、心情的にはこれを原作として使用する以上、徒や疎かなものは作って欲しくないとの願いは、むしろ希求として確とあった。

と、なれば当然期待の方は、はなの段階のことまでとし、あとはその完成を、まるで他人事として待つのみで良い。事実、私自身はそのつもりでいたはずだった。

しかし、その後制作サイドの要請で、私はまだ自分の私小説にも書いていない部分での身上について、聞き取りめいた真似事をうける羽目となった。シナリオに膨らみを持たせたいとのことだったが、この時点ではまだ拙作絡みのことでもあり、私もこれに出来る限りの協力をすることはやぶさかではなかった。そしてこの聞き取りも殆ど生かされることなく、更に再三に亘って無意味にこちらの予定を振り廻すような申し出と取り消しが繰り返されたのにも、その都度軽《か》ろき不快は感じながら、すぐと忘れることにもしていた。

したがって試写を観たときの私は、至って虚心坦懐な心持ちであったことは間違いがないのである。

この映画に対する予想以上の慊《あきたりな》き点と、幾つかあった魅力的な部分（それすらなかったら、商業映画としてよっぽどどうかしているのだが）については、『小説現代』、『野性時代』の二誌に連載中の随筆と、文春のウェブ上で連載している日記、及び『文藝春秋』八月号所載の拙文中にそれぞれ記している故、ここでは重複は避けるが、やはり主人公である貫多の捉え方が根本的におかしなことになっている。人とのつき合い方や距離の取り方の分からぬ、いわゆるコミュ障の人物と云うのが映画での基本の設定のようだが、そも貫多は中学卒業と同時に家を出て、一人で生活を始めている。この年齢での該状況下では、人一倍他人の顔色を窺い、職場では努めてなつこく振る舞わなければならないはずだ。そうしなければ、生きてはゆけないのである。これは私自身が紛れもなくそうであったし、拙作のはしばしにもそのように繰り返し著している。

　また貫多の日雇いの、その悪循環の厭ったらしさが全く現われていないのは、拙作を原作とした以上は致命的な欠陥だった。ブコウスキー原作によるところの、映画「酔いどれ詩人になるまえに」で、主人公が酒浸りの合間に勤勉にペンを走らせる姿がやたら繰り返されるのと同様、貫多が三畳間と日雇い現場を行き来し、貰い立ての日当からサイダーを買い、立ち食いのおそばをすする、その一連の反復運動がなければ、彼の現状にとどまっている必然性が何んら感じられぬことにもなろう。

が、最早かような無いものねだりをしたところで、詮ないことには違いない。

それにつけてもつくづく思うのは、数ある小説ジャンルの中でも、特に私小説は映画化には不向きにできてることである。イヤ、と云うより私小説を映画化するには、作り手側に私小説に対する理解と思い入れの念が欠けていては、到底成立し得ないものと言い切ってもいいかもしれない。

拙作と同日に語るのはおこがましいが、考えてみれば過去にも尾崎一雄の『もぐら横丁』にしろ、上林暁の『聖ヨハネ病院にて』にしろ、その映画化版はロクなものがなかった。

この点、もう少し深く考察してみたかったが、その為には今一度自身の映画版をじっくり観賞してみる必要がある。

が、私にはこの〝中途半端に陳腐な青春ムービー〟を、金を払って二度観る趣味は到底ない。

「新潮」（平24・8）

戸締まり用心

此度《こたび》の尖閣諸島に関する出来事により、支那人とは実に民度の低い連中であることを、今更ながら知るに至った。

一方、これに対応する日本政府の手立ては極めてオーソドックスなものであり、さしあたってはその方法論に沿うより駒の進めようもないのだろうが、しかしどうも弱腰を正攻法にすりかえている印象も残る。

どれだけ迅速に〝毅然〟とした抗議を申し入れようが、こうもアタマから嘗められている以上、そろそろこれらも単なる気休めのポーズにしか映らなくなってくる。

何しろ、かの島々が日本固有の領土だと云うわりに、これまで台湾、中国の漁船らしきものが侵犯しても何んら武力にも及ばず、拿捕したところで裁判もなく強制送還と云う、まるで懲らしめにもならない形ばかりの決着を繰り返していては、狡猾な支那人ならずともつけ上がってくるのは当然のことだ。最初は尖閣周辺の領海線違反、そして次には上陸と、徐々に既成事実への流れを作って、いずれは竹島みたいにしようとする、こんな姑息なやりかたで世界地図を塗り変えようとする小悪党の泥棒人種に、吹けば飛ぶような大臣や官僚の〝毅然たる抗議〟なぞ通用するわけがない。

日本の領土であることを主張するならば、石原慎太郎氏が云われるように早急に公的機関がすべてを個人から買い上げるべきだ。そして何かしらの施設を作り、自衛隊を常駐させて、監視とそれに伴う武力を強めるべきである。

軍隊も持たず、経済制裁もいつされる側に廻るか分からぬ現在の日本は、それに見合ったような従来通りのいじめられっ子的弱腰外交では、諸外国からつけ込まれる一方となる。

「文藝春秋」（平24・10）

（私の好きな一句）

【アンケート】

①俳句に興味はありますか？　②好きな俳句をお書きください（俳句および作者）　③俳句全般または②の好きな一句について一言

①はい

②貧乏人に何の正月三日ぞや　藤澤清造

③実感の切なさと客観のユーモア。良くも悪くも清造その人があらわれている。

『俳句界』（平24・12）

（京都府立綾部高等学校図書館だより　アンケート回答）

【質問】

①「心に残る1冊の本」は？　②人生を変えた一言（転機）は？　③好きな音楽は？　④好きな映画は？　⑤一番辛かった仕事は？　⑥中学高校時代のクラブは？　心に残ったことは？　⑦綾高生へのメッセージ

①藤澤清造著『根津権現裏』です。
②上記の書を二度目に読んだときかもしれません。
③稲垣潤一さんの曲は、清書中に欠かせません。
④金田一耕助シリーズを繰り返し観ています。
⑤冬場の仕事全般（朝起きるのが辛かったです）。

⑥中一、二→美術部　中三→郷土研究部
共に週に一度しか行なわれず、出なくても何も云われない、いわゆる〝帰宅部〟を選んでいました。
⑦悲観は程々に、楽観は慎重に。

京都府立綾部高等学校図書館だより
「Book Talk」冬休み前特別号の2（平24・12）

（西村賢太が選ぶ横溝正史原作の映画十本）

筆者注　これは掲載媒体の、「インタビューに答えているような文章で書いてほしい」との要望に沿い、〝ですます調〟でもって叙したものである。

『八つ墓村』／『本陣殺人事件』
『悪魔の手毬唄』／『病院坂の首縊りの家』
『悪魔が来りて笛を吹く』／『悪霊島』
『蔵の中』／『幽霊男』
『人形佐七捕物帖　妖艶六死美人』／『獄門島』

『八つ墓村』(昭和五十二年) 松竹

「日本映画のなかで一番好きな一本で、百回は眺めています」

(原作は、金田一耕助シリーズ長編第4作。落武者の怨念が息づくとされる村で、32人が惨殺される事件が起こる。28年後、再び発生した連続殺人に金田一が挑む。)
●'77年・松竹・日●１５１分●監督・製作／野村芳太郎●出演／渥美清、萩原健一、小川眞由美、花沢徳衛、山﨑努、山本陽子、市原悦子、中野良子、大滝秀治、井川比佐志

横溝映画で、という以上に日本映画のなかで一番好きな一本です。原作の怪奇性のみを強調しすぎている、との批判もあるようですが、どのシーンも芥川也寸志の音楽と相まっての叙情と恐怖の連続で、観ていて飽きるところがない。ＣＤ化されたサントラ盤は、今も仕事中にＢＧＭと

して欠かせない一枚です。壮大な怪奇ロマンと呼ぶにふさわしい名作で、中学一年の折に名画座で初めて観て以降、劇場、ビデオ、DVDで優に百回は繰り返し眺めています。萩原健一の魅力を知ったのも、この映画での抑制の利いた、主役としての好演技からでした。

『本陣殺人事件』（昭和五十年）　東宝

「機械的なトリックの解明を丁寧すぎるほど丁寧に演出」

（岡山県の旧家で新郎新婦が殺され、密室だった現場から、3本指の血痕が見つかる。時代設定が原作の戦前から現代へと変更され、金田一がジーンズ姿で登場。）
●'75年・ATG・日●106分●監督・脚本／高林陽一●出演／中尾彬、田村高廣、東野孝彦、高沢順子、水原ゆう紀、常田富士男、新田章

謎解きに重きをおいた、本格的な推理映画。横溝作品のなかでも僕が最も好きな原作だけに、その映画化作には厳しい目を向けざるを得ないのですが、これはこれ

で、横溝世界の雰囲気を伝えることには成功しています。展開のメリハリがない分、何か唐突に謎の核心へ進むきらいはありますが、しかしあの機械的なトリックの解明を丁寧すぎるほど丁寧に演出しているのがうれしい。低予算会社ならではの原作選びが、意外に功を奏した格好です。横溝自身は金田一役のジーンズ姿の中尾彬を〝さわやか〟と評しており、これには少々異論はありますが……

『悪魔の手毬唄』(昭和五十二年) 東宝

「若山富三郎以上の〝磯川俳優〟は今後もまず見られない」

（二つの旧家が対立する村で、その村に伝わる手毬唄の歌詞になぞらえた殺人事件が起き、金田一が真相を探る。金田一と、旧友である磯川警部の友情も語られる。）

●'77年・東宝・日 ●143分 ●監督・製作／市川崑 ●出演／石坂浩二、岸惠子、若山富三郎、仁科明子、北公次、加藤武、永島暎子、岡本信人

横溝映画のなかで、原作に忠実という点では本作が屈指のものでしょう。季節が夏ではなく冬との違いはありますが、それがこのストーリーには見事にマッチしている。オープニングで金田一が冬枯れの古沼のほとりを巡るタイトルバックは、観る者に骨へとしみ入る底冷えを覚えさせ、これから起きる悲しい惨劇の予感をいやが上にも盛り立ててきます。特筆すべきは磯川警部に扮した若山富三郎の演技。これ以上の〝磯川俳優〟は今後もまず見ることはかなわないと思います。シンセサイザーとダルシマーを効果的に使用したテーマ曲も秀逸。

『病院坂の首縊りの家』（昭和五十四年）　東宝

「横溝正史の演技と長ゼリフがファンとしてはうれしい」

（金田一最後の事件。廃墟で天井から吊るされた生首が発見され、金田一がこの猟奇殺人の謎に迫る。市川崑監督&石坂浩二主演の映画版シリーズとしても最終章。）
●'79年・東宝・日 ●139分 ●監督・製作／市川崑 ●出演／石坂浩二、佐久間良子、草刈正雄、桜田淳子、加藤武、入江たか子、河原裕昌、久富惟晴

一方、原作改変の度合いでは、この作品が中期横溝映画のなかではナンバーワン。しかしそれは決してワーストのカテゴリーには入らず、原作とは別物としての『病院坂～』が楽しめます。本人役で登場する、横溝正史の演技と長ゼリフもファンとしてはうれしい限り。単にその作家の、在りし日の姿を眺められるだけでもありがたい。公開当時、〝これが最後だ！〟というのがキャッチフ

レーズになっていましたが、市川監督のシリーズとしては、本当にこれをもって打ち止めにしてほしかった。後年の二作、ことに『犬神家の一族』のリメイク版は、やはり蛇足。

『悪魔が来りて笛を吹く』（昭和五十四年）東映

「DVDで映像の美しさといろいろな仕掛けに気がついた」

（旧華族である一家で、フルートの音色とともに次々と殺人事件が発生。一族の乱れた人間関係が浮き彫りになる。銀行員が毒殺された帝銀事件がモチーフ。）
●'79年・東映・日●135分●監督／斎藤光正●出演／西田敏行、夏八木勲、鰐淵晴子、宮内淳、斉藤とも子、藤巻潤、梅宮辰夫、中村雅俊、京唄子

劇場にて、リアルタイムで観た初めての横溝映画です。当時小学五年だった僕は、横溝ブームのもう下火に近づいていた頃の世代になるわけです。本作は原作同様、その複雑な人間関係にわかりにくい部分があったのですが、最近ようやくにDVD

化されたものを眺め返し、映像の美しさとともに、演出にいろいろな仕掛けがあったことにも気がつきました。ことさらに惨殺死体を強調するところがないのも好もしい。推理映画として実に丁寧な作り方がされています。ちなみに、僕が自分で初めて買ったレコードは、本作のサントラEP盤でした。

『悪霊島』（昭和五十六年）

「歴代金田一のなかで、鹿賀丈史がひょうひょうとした点では随一」

廃盤

（金田一が捜していた男が、不気味な言葉を残して怪死。金田一は言葉の意味を求めて謎の島に渡る。舞台である60年代の象徴としてビートルズの曲が使用された。）
●'81年・角川映画・日●132分 ●監督／篠田正浩 ●出演／鹿賀丈史、岩下志麻、室田日出男、古尾谷雅人、佐分利信、中尾彬、岸本加世子

いわゆる〝横溝ブーム〟の終幕を引いた映画との印象。本作が公開された二箇月余後に、横溝正史は没しています。主演の鹿賀丈史は、歴代金田一のなかでもひょうひょうとした点では随一。基本、シャープな動きで一風変わった名探偵を好演しています。DVDでは権利の関係で、本家の『レット・イット・ビー』、『ゲット・バック』が別アーティストによるカバーに差し替えられていますが、これが意外にも残念。別にビートルズには何のこだわりもないのに、公開時には違和感を覚えたその使用が、案外正解であったのだと今になって気づかされました。

『蔵の中』（昭和五十六年） KADOKAWA

「何よりもこの原作を映像化したことに驚かされた」

（肺炎を患い蔵に隔離された姉と、献身的に姉の世話をする弟の異様な関係をつづった物語。金田一シリーズとはまた違う、耽美的な幻想世界が映し出される。）●'81年・角川映画・日●101分●監督・撮影／高林陽一●出演／山中康仁、松原留美子、中尾彬、亜湖、小林加奈枝、きたむらあきこ

『悪霊島』と同時期上映だった本作。熱烈な横溝ファンだった中学二年時、公開初日の初回に横浜の封切館に出かけ（してみると、その日は学校は休みだったのか？）、最終回まで立て続けに眺め続けた記憶があります。ヒロインにニューハーフの新人を起用したのがちょっと話題になりましたが、何よりもこの原作を映像化したことに驚かされました。先般、拙作の『苦役

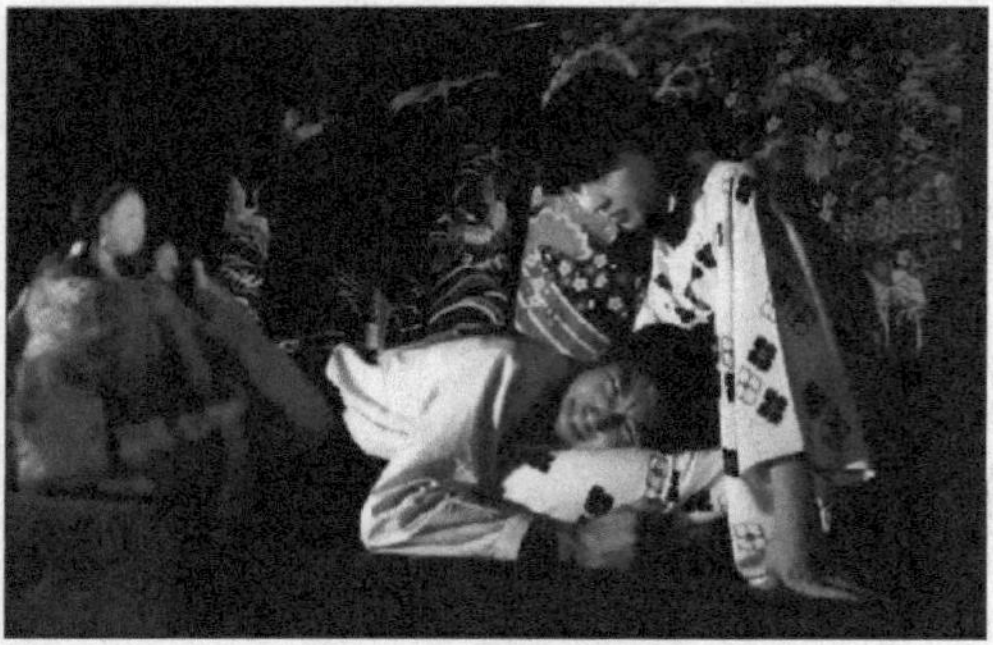

列車』が映画化された際、″まさかの映画化″なるコピーが付されましたが、僕にとっては本作こそその感想を抱いた、ただ一度の体験です。『本陣～』とともに、もっと評価されて然るべき佳品。

『幽霊男』（昭和二十九年）　東宝

「当時流行していた軽いスリラーものとしての雰囲気は満点」

（金田一が、ヌードモデル猟奇殺人事件の犯人だと思われる″包帯で顔を覆った男″と対決する。ダークスーツに帽子でビシッと決めた金田一を河津清三郎が好演。）

●'54年・東宝・日●72分●監督／小田基義●出演／河津清三郎、三條美紀、岡譲司、清水元、田中春男、藤木悠、塩沢登代路

横溝正史は金田一のキャラクターに深い愛着を抱く一方、その映画化にはえらく鷹揚なところがあったみたいです。昭和五十年までに作られたもののなかで、『本陣～』での中尾

彬以外は、みなリュウとしたスーツ姿の金田一です。本作では悪役イメージの強かった河津清三郎がニヒルな金田一を演じていて、これがさほど悪くはない。原作の背景と撮影の時代が一致している分、当時流行の軽いスリラーものとしての雰囲気は満点。

『人形佐七捕物帖　妖艶六死美人』（昭和三十一年）　IMAGICA TV

「若山富三郎は松方弘樹より〝人形のようないい男〟に近い」

（江戸時代末期を舞台に、人形のような色男である岡っ引きの佐七が殺人事件を解決する時代劇ミステリー。風流六歌仙といわれる美女6人が次々と惨殺される。）

●'56年・新東宝・日　●76分　●監督／中川信夫　●出演／若山富三郎、天知茂、日比野恵子、杉山弘太郎、鮎川浩、宇治みさ子

©国際放映

横溝映画では人形佐七シリーズも数多く作られています。ＤＶＤ化されているものはほとんどないのが残念ですが……。本作は若山富三郎による佐七シリーズの第

一作。佐七と言えばＴＶ版での、若き日の松方弘樹の当たり役ですが、その名の由来の〝人形のようないい男〟との点では少々男臭すぎる。案外、若山の方がイメージ的には近いのかもしれません。中川信夫監督らしい、どこまでも娯楽に徹した一篇です。

『獄門島』（昭和五十二年）　東宝

「登場人物のイメージも原作とかけ離れているが、不思議と秀作」

（戦死した友の手紙を預かった金田一が、彼の故郷、獄門島を訪れ、俳句を使った殺人事件に巻き込まれる。犯人が原作とは別の人物に変更され、話題になった。）
●'77年・東宝・日●１４１分●監督・製作／市川崑●出演／石坂浩二、司葉子、大原麗子、佐分利信、加藤武、上條恒彦、ピーター、草笛光子

中学二年の時でしたか、京橋のフィルムセンターで昭和二十四年製作の『獄門島』（この映画では、ごくもんじまと発音されていた）を観たことがあります。

金田一の風采以外にも犯人に関する部分が大幅に変えられていたのは興醒めでしたが、このリメイク(?)版でもやはりその部分が改悪されています。和尚や早苗のイメージも原作とはかけ離れ、磯川警部の登場しないもの足りなさでありながら、しかし不思議と秀作の印象。

「TSUTAYA シネマハンドブック2013」(平24・12)

『随筆集　一私小説書きの弁』あとがき

どう云うわけか、随筆集を編んでもらえることになった。

昨年にも一度、別の社からだしてもらえる話があったのだが、これは多分、私のせっかちな短気さが祟って御破算みたいになっていたので、今回も途中に似たような経緯がなくもなかっただけに、どうなることか内心大いに危ぶんでいた。

しかし今度は本当にでる運びになり、すると根が苦労人にできてるせいか、却って不安が募る塩梅にもなって、何んとはなし、未だ訝しんでもいるような次第である。

と云うのも、本書中の一篇にも記したとおり、元来が小説家として世に出るつもりのなかった、それでいて現在その道に紛れ込んでいるのは、所詮その場その場の流れの連続でしかない私には、これまでの創作集だけでも意外であると云うのに、この種のものまで上梓されるのは全くの望外なことなのだ。とても、そんな分際の者ではないのである。うれしいよりも、面映ゆい方が先に立つ。

で、その面映ゆさから、はな本書の題名は、集中の「藤澤清造――自滅覚悟の一踊り」を持ってくるつもりでいたのである。が、よくよく考えると、この書名では恰も該作家の伝記、乃至《ないし》研究書の類みたいな響きとなり、内容のその薄っぺらさに比して随分と羊頭狗肉の感じになってしまう。そうなれば私の本来の目標の一つである『藤澤清造伝』の方の、向後の信用にも関わりかねないので(それだけは、私としてどうでも耐えられぬ事柄である)、仕方なく本書での清造像の断片は、あくまでもほんのさわりであることを分明にしつつ、表題の、少々控え目なきらいはあるが自らの性分には最も見合ったものへと変更した。

アル中の一私小説書きの、とりとめのないクダ話として読んで頂ければ幸である。

小説を書き始める以前の、僅かなツテを頼っては厚顔に持ち込んでいた未熟な文章が多くを占めている。それらのうち、掲載誌紙側から強引にタイトルや表記を直された箇所は、この機会にすべて自分の良しとするかたちのそれへと戻しておいた。

当時、かの田舎者の校閲係が言うところによれば、私の助詞や接続詞の使いかたは文法上成立しておらず、はな、と云うのも日本語として、到底認められるものではないそうだ。

が、私は国語の教本を書いてるのでもなければ、単にノートに自己の感想を綴っているわけでもない。このてのお門違いの批判を下す馬鹿は同じく小説書きと呼ばれる者の中にもたまさかいるが、ただの会社員に過ぎない現今の編輯者にそそのかされ、他人の創作世界や語法についてとやかく言うのなら、その前には顔を洗って、もう一度ご自分の作をじっくりと読み返してみることである。

最近のものにも多少の加筆を施したが、内容の一部重複個所はあえてそのままに残しておいた。

藤澤清造の道行きを文章にしたい一心で、楽しみながら初期の各篇を書いていた時分には、まさかこれらが後年、まとめて人眼にふれる事態になろうなぞ思いもよらなかったが、しかしその事態とは自らの小説中で恥を晒かすのとまた違う、案外に手強い生き恥であるのを、今この期に及んでしみじみと感じ入っている。結句《けっく》はどこかてめえ自身を語っていたにすぎぬ愚に、改めて気付いた故であるのかもしれない。

平成二十二年一月七日

講談社刊『随筆集　一私小説書きの弁』（平22・1）

『人もいない春』　あとがき

『二度はゆけぬ町の地図』以降に、『野性時代』誌で採ってもらえたものを並べた。第六創作集と云う次第になる。

三十七歳時に処女作らしきものが転載されるまで、現代の文芸誌なぞには全く見向きもしなかったが、大判サイズの旧『野性時代』誌だけは毎月購入していた一時期がある。

小学六年生の頃、当時連載の始まった横溝正史の「悪霊島」読みたさに自分の小遣いをはたいていたのが、現今の小説雑誌に接した唯一の記憶だ。

だからその誌名を引きつぐ後身誌に、拙作が雑魚《ざこ》のトトまじり式で載る事態には未だ奇妙な感慨を抱かざるを得ない。が、それだけに自らの作の愚昧ぶりが何んとも無念至極でもある。

「碧空を思う」の題名は、書き上げた際あまり吟味せず半ば適当に付していた。それが少々慊《あきたりな》かったので、この機に「人もいない春」と改めた。糞リアリズムの悪しき一例のような内容だが、集中比較的気に入っているので表題に選んだ。

この一篇に関しては、先般出た拙著の文庫奥付中の或る記載を見て一驚し、奇妙な暗合に苦笑いが浮かんだものであった。

「乞食の糧途」から「赤い脳漿」までの発表年月に些か隔たりがあるが、これは私の方の短気が因で、該誌より締めだされていた期間を示している。

その辺りの仔細は、今は特に記す必要もないであろう。

平成二十二年　初夏

角川書店刊『人もいない春』（平22・6）

『随筆集　一私小説書きの弁』　文庫化に際してのあとがき

本書は平成二十二年一月に発刊されたが、この度心機一転、新潮文庫にて再お目見えのかたちとなった。

初出のものに手を入れていたのが、つい先日のことにも等しい感覚であり、今、ここで蛇足を付け加える点は何もない。

ただ、この藤澤清造に関する記述を主とした拙著が、はなの時点より版元を二転三転としている事実には思いが巡る。清造の流浪流転の人生の道行に、どこか共通しているようで感慨が深い。

そして本書には、高田文夫氏の江戸っ子流儀の破格な解説を頂いた。

私にとって、これは近時最大にうれしく、有難い限りのことであった。

平成二十三年四月三日

新潮社刊『随筆集　一私小説書きの弁』（平23・5）

『西村賢太対話集』　あとがき

いったいに私は口ベタである。

酒でも入っていない限り、初対面の相手とはロクに口を利くこともままならない。あまつさえ文学談義なぞは、これはシラフだろうがへベレケだろうが、断然ご免蒙りたいほうだ。

その私が、本書での対談者のかたがたとは不思議と闊達に、そして楽しく喋らせて頂くことができたのは、偏にお相手各位の深い寛容によるものである。

改めまして、厚く感謝の辞を申し述べます。

新潮社刊　『西村賢太対話集』（平24・4）

『随筆集　一日』あとがき

第二随筆集である。

先の『随筆集　一私小説書きの弁』が刊行された際、私は自分ごとき書き手のかようなものは、当然これが最初で最後になろうと思っていた。

その当時、もとより滅多に依頼のなかった随筆類は、いよいよどの媒体からも声をかけられることがなくなっていた。そんな状況下で、以前に書いた雑文がまとめられて上梓されたことは、実際奇蹟にも近い事柄である。

だからその僅か二年後に、こうした書を再度届けられる事態になろうとは、本当に想像もつかぬ次第であった。

それが故、今回の表題は集中の「一日《いちじつ》」を掲げることに執着した。そこに記した能登の寺でのあの祈りから、此度《こたび》の新たな奇蹟が生まれたものと、私には強く信ぜられるからである。

凡庸な書名だが、ここには私の悲喜こもごもな、万感の思いがこめられている。

前書と同じく、基本的には発表順に並べてある。

こうすると、何やらゴッタ煮臭もより際立つが、どうも私はそのスタイルが妙に気に入っているようだ。

平成二十四年五月二日

文藝春秋刊『随筆集　一日』（平24・5）

魔の期間

思えば、私の正月嫌いと云うのも随分と久しいものである。

無論、現在のそれはあくまでも感覚的なことであり、正月が来ることによって何ら直接的な被害を蒙っているわけではない。

昔日のことであれば、まだ理由がある。往時、アルバイト仕事以外で生計を立てられなかった私にとり、この〝正月休み〟と云うのはまこと傍迷惑な話だった。

いわゆる日給月給の身に六連休も七連休も挟まれるのは、実際大いなる痛《いた》ごとである。そしてそれが日雇い形態であった場合は尚のこと、次に日当にありつくまで、余程のやりくりを強いられる羽目ともなる。

私の敬する大正期の極貧私小説家、藤澤清造には〈貧乏人に何の正月三日ぞや〉との詠句があるが、まさにその心境にならざるを得ない魔の期間である。

土台、日本中が基本的に、同時に一週間も休日が続くのは無茶である。東京から田舎者が暫時消えること自体は大いに結構だが、晦日辺りまではともかく、正月三日間のあのダラダラとした、モッサリした町中の雰囲気はどうにもいただけない。気ぶっせいで、何んともやり切れぬものがある。

それだからここ数年は、この期間はつとめて外界の正月色を遮断し、原稿書きに没入するようにしている——と云いたいところだが、その実、この理想はなかなか貫徹するには至らない。

別段、ついダラダラと昼間からテレビを眺め、酒を飲んだりするわけではない。ついつい人恋しさから、繁華な街へと出かけてしまうと云うわけでもない。単に、どこにも売り先のない原稿書きは、そうそうモチベーションの上がるものでもないと云うだけの話である。

が、此度《こたび》は幸いなことに、この理想のかたちをすんなり実行できそうな状況となっている。このところ、つきあいの途絶えていた文芸誌や新規の雑誌から、小説を書かしてもらえる話が俄かに増えている。

昨年の今時期は、やはり『東スポ』のお正月特別号紙上に愚文を載せてもらったが、その中で私は〝来年は大いに小説を書きまくりたい〟との抱負めいたことを述べていた。で、結果は短篇ばかり六作と云うのが、その収穫である。当今流行の書き手からみれば失笑ものの仕事量であろうが、菲才の私としてはまずまず多作の一年であった。

二〇一三年は、更なる多作を目指すつもりである。なのでこの正月は、さのみ無理に思い込まずとも、ごく普通に仕事に没頭できそうな成り行きが、本当にありがたい。

「東京スポーツ」（平25・1・1）

あとがき

　三冊目となる随筆集である。

『随筆集　一日』に収めたもの以降、平成二十四年内までに書き散らした駄文の中から選んだ。

　例によって例の如くのゴッタ煮鍋風だ。そして例によって、私はこのゴッタ煮スタイルを甚だ気に入っている。

　表題の「一私小説書きの独語」は、『野性時代』誌に再び書かしてもらえるようになった三年前に〝半自叙伝〟と銘打って連載を始めたが、中途でもって頓挫してしまった。

　ありていに云えば、そもそもが見切り発車であった為、向後小説として書くべき題材と、該連載の内容との重複の兼ね合いが、なかなか悩ましいことになったのである。

今回、これを収録、かつ表題に採ることは不様さの上塗り以外の何ものでもないが、自戒の意図もあり、あえて冷笑の前に出ることにした。

但《ただし》、これはいつか改めて稿を継ぎたく思っている。

それにしても、この出版不況のご時勢に、私のような五流の書き手の随筆集なぞをまた出して頂けるのは、これは実際、奇蹟事にも等しい。

角川書店の吉良浩一氏、山田剛史氏、榊原大祐氏、藤田孝弘氏には、まことにご迷惑をかけた。カバー画を引き受けて下すった能町みね子氏にも感謝の気持ちで一杯だ。

特に記して、お礼を申し述べます。

西村賢太

平成二十六年五月二十八日

文庫化に際してのあとがき

例によって、この書の内容に関しては特に付け足すこともない。

親本に付した「あとがき」で一応の用は済んでいるが、一点注釈を加えておくと、かの文中で記した『随筆集　一日《いちじつ》』は、現在は『小説にすがりつきたい夜もある』に改題し、文春文庫に入れてもらっている。

これらのサッパリ売れぬ随筆集を文庫化までして頂けたことは、更なる奇蹟事だと思っている。

西村賢太

平成二十八年十月二十六日

解説

木内　昇

西村賢太氏にはじめてお目に掛かったとき、それは東京會舘の控え室であったが、「これは！」と、ひそかにうなったものである。

その以前に私は、氏の小説を拝読していた。私小説ゆえ、つい主人公の「私」に作者を重ね合わせ、頭の中で骨太な男を思い描いていたのだが、いや存外ご本人はひょろりとした文学青年かもしらん、との歪《ゆが》んだ憶測にも、この頃の私はとりつかれていたのだ。作品の趣と著者の雰囲気がまるで異なることは珍しくないし、なによりあの精緻《せいち》な文章を、しばしば荒くれ者と化す「私」が生み出せるものだろうかとの疑念も抱いていたからである。

ところが、目の前に立ち現れた西村氏は威風堂々として逞《たくま》しく、当方の稚拙な偏見を呆気《あっけ》なく一蹴《いっしゅう》したのだった。文化系ナヨナヨ感を一切寄せ付けぬ、がっしりした体軀《たいく》に惚《ほ》れ惚《ぼ》れし（ただの好みですが）、と同時に「なるほど」と、私はなにか腑《ふ》に落ちるような感慨を得ていた。氏の作品の抜きん出た強さの理由が、少しだけわかったような気がしたのである。

私小説は制約が多い、と長らく思い込んでいた。著者自らを題材に物語を創作するとなれば、当然ながら主人公はもちろん、登場人物も設定もある程度定まってしまう。ファンタジーよろしく架空の世界で八面六臂《はちめんろっぴ》の活躍をすることもなければ、極端な犯罪に巻き込まれてどんでん返しに次ぐどんでん返しにあえぐわけにもいかない。そこに描かれるのは「日常」である。しかも西村氏の小説にあるのは、学歴も金もなく、家族と縁を切り、同居の恋人に暴力を振るう、いわばダメ男の日々なのだ。

にもかかわらず氏の新作に接するたび、懲りずにハラハラしたり、うなったり、動じたり、嘆じたり、大笑いしたりと感情がかき回されて忙しいのはどうしたことだろう。しかも幾度読んでも、いっこうに飽きないのだからたちが悪い。中毒性といってしまえばたやすいが、それを引き起こしているのは他でもない、西村氏の特異でありながら見事なリズムで連なる文章と、多彩に膨らんでいく物語世界なのだ。

この人は「小説の自由」を、頭ではなく身体で会得している。作家にとってこれ以上ない武器を、すでに手に入れてしまっている――はじめて氏に相対し、剛健な立ち姿を眺めた折、このまぎれもない真実に私はがつんと頭を殴られたのである。

本書は、芥川《あくたがわ》賞受賞後に書かれた随筆が主となっている。氏の小説への思いや、対し方が著されている点でも貴重な一冊である。中でも表題作「一私小説書きの独語」には、小説ではない、現実の西村賢太の来し方が丹念に記されていて非常に興味深い。

「云うまでもなく、私小説とはノンフィクションと同義語ではない。私小説と云えど、確と〃小説〃なる語が付くとおり、これはあくまでも小説《フイクシヨン》である。当然、小説中の事実が、すべて現実の経験とイコールするものでもない」

中学を出て、家族と離れて自活をはじめ、日雇いで働いていた当時が、なにしろ細かに描写されていることに舌を巻く。はじめて行った風俗の様子、日雇いの賃金、そこからさっ引かれる弁当代、古本の値段などなど……。なぜかくも子細に覚えておられるのか――不思議でたまらず、以前対談をさせていただいた折、「当時のことを、メモ書きや日記などで残しておられたのですか？」と、伺ったことがある。

「いえ。メモの類《たぐ》いは一切ないです。日記もつけていませんし、改めて調べることもしてないんです」

そうおっしゃられたから仰天した。記憶はたいがい、時間が経つと形や手触りを変えてしまう。思い出の場所に久方ぶりに赴いて愕然《がくぜん》とするような経験は、誰しも覚えがあるだろう。けれど氏の小説にある風景には、その時代、その土地のにおいが染みついている。通底に現実が息づいているから、物語は自由に膨らみながらも、登場人物たちが人間としてしかと生きているのだ。

蛇足になるが、私は西村氏と同年生まれ、ともに東京で育っている。時代、場所とも似たところを経てここまで来ているせいか、氏の小説を読んでいると無性に懐かしさを覚えることがある。もっとも中学を出てすぐに独り立ちした西村氏と、長らくぬるま湯に浸かっていた私とでは経験値を比ぶべくもないのだが、「ああ、そういえば、そんなものがあった」「こんな景色だった」と、忘れていた感覚が甦《よみがえ》ってくるのだ。これは西村氏が、その辿《たど》ってきた道筋で見聞きしたものを、事象としてのみならず、感覚として身に焼き付けている証《あかし》である。そうして、「感覚を表す」という文章において至極難解なことを、さらりとやってのけているところに、氏の小説の凄《すご》みと妙味があるのだ。

自身の「感覚」への誠実さは、こんな一節にも見て取れる。

「私は私小説書きを看板に掲げているくせに、まだ三十数年前の、実父の性犯罪のことを正面きっては書けていない。配慮と云えば、偏《ひとえ》に被害者のかたに対する配慮の面もあるが、実のところそれと同等に、自身の痛みを恐れている部分がある」（上原善広著『日本の路地を旅する』（文春文庫）解説）

話題をとりそうな題材を安易に引っ張りだし、未消化であるのに適当に悲劇の仮面をかぶせて平然と世に出すような野蛮さとは無縁、至って真摯《しんし》に小説と向き合う姿が浮かび上がる。

藤澤清造《ふじさわせいぞう》の歿後《ぼつご》弟子と称し、発見された清造の自筆原稿三点を四百四万で落札する――その敬愛ぶりは「『藤澤清造短篇集』（新潮文庫）解説」で、とくと堪能《たんのう》いただきたいが、他に横溝正史《よこみぞせいし》や朝山蜻一《あさやませいいち》など愛読してきた作家への知識ももはやマニアの域である。さらには小説の内容のみならず、書籍そのものへの造詣《ぞうけい》と愛情が人一倍深い点も、氏の卓然たる由縁だろう。

「拙作については何ら自信もなく、自己嫌悪で読み返すこととてないが、それが刊本のかたちにまとまると、ちと様子も変わってくる。内容はさておき、一冊の本として保存すべき対象品となるのだ。

無論、一寸でもツカが傷んでいたり、カバーや帯にスレがあっては面白くない」（韓国みやげ）

自身の作品に対しても、刊本するまで装幀《そうてい》や仕様に徹底して目を配り、隅々まで血の通った本に仕上げている。小説、ひいては本というものに、類い希《まれ》な根気強さで挑む様は、同じく出版に携わる身として襟を正すような心持ちになる。

またまた余談になるが、西村氏と私は年齢も出身地も同じなら、小説家として出発した年も、新人賞を経ていない点も同じである。そのせいか私は、僭越《せんえつ》ながら氏に対して同期のような朋輩《ほうばい》のような感覚を抱いている。しかし同期であるから物書きとしての力量も等しいかと言えばそんなことは毛頭なく、氏から新作をお贈りいただくたび寡作の私は焦り、その豊饒《ほうじょう》な語彙《ごい》を自在に操って感覚まで含め立体的に世界を立ち上げる、まさに文章芸とも言うべき技量に打ちのめされているわけである。

藤澤清造はじめ、多くの作家を読み込んでいるのにけっして亜流になることなく、安直に読者に迎合することもなく、自分の思うところを曲げずに突き進んで、唯一無比の作品を生み出す——そういう西村氏に、正直申せば私は動揺を禁じ得ない。一ファンとして、北町貫多のめちゃくちゃな言動に、時に腹を抱え、時に唖然《あぜん》となりながら夢中で読むうち、否応なく自分の作家としての未熟さを思い知らされるからである。

西村賢太氏はつまり、私にとって格別であり、崇《あが》めるべき対象であり、しかし同時に、つくづく厄介な存在なのだ。

本書は二〇一四年六月に小社より刊行された単行本を文庫化したものです。

随筆集《ずいひつしゆう》　一私小説書《いちわたくししようせつか》きの独語《どくご》

西村賢太《にしむらけんた》

平成28年 11月25日　初版発行
令和７年　4月10日　11版発行

発行者●山下直久

発行●株式会社KADOKAWA
〒102-8177　東京都千代田区富士見2-13-3
電話　0570-002-301（ナビダイヤル）

角川文庫 20058

印刷所●株式会社KADOKAWA
製本所●株式会社KADOKAWA

表紙画●和田三造

ISBN978-4-04-104950-1　C0195

◆◇◇

角川文庫発刊に際して

角川源義

第二次世界大戦の敗北は、軍事力の敗北であった以上に、私たちの若い文化力の敗退であった。私たちの文化が戦争に対して如何に無力であり、単なるあだ花に過ぎなかったかを、私たちは身を以て体験し痛感した。西洋近代文化の摂取にとって、明治以後八十年の歳月は決して短かすぎたとは言えない。にもかかわらず、近代文化の伝統を確立し、自由な批判と柔軟な良識に富む文化層として自らを形成することに私たちは失敗して来た。そしてこれは、各層への文化の普及滲透を任務とする出版人の責任でもあった。

一九四五年以来、私たちは再び振出しに戻り、第一歩から踏み出すことを余儀なくされた。これは大きな不幸ではあるが、反面、これまでの混沌・未熟・歪曲の中にあった我が国の文化に秩序と確たる基礎を齎らすためには絶好の機会でもある。角川書店は、このような祖国の文化的危機にあたり、微力をも顧みず再建の礎石たるべき抱負と決意とをもって出発したが、ここに創立以来の念願を果すべく角川文庫を発刊する。これまで刊行されたあらゆる全集叢書文庫類の長所と短所とを検討し、古今東西の不朽の典籍を、良心的編集のもとに、廉価に、そして書架にふさわしい美本として、多くのひとびとに提供しようとする。しかし私たちは徒らに百科全書的な知識のジレッタントを作ることを目的とせず、あくまで祖国の文化に秩序と再建への道を示し、この文庫を角川書店の栄ある事業として、今後永久に継続発展せしめ、学芸と教養との殿堂として大成せんことを期したい。多くの読書子の愛情ある忠言と支持とによって、この希望と抱負とを完遂せしめられんことを願う。

一九四九年五月三日

角川文庫ベストセラー

田中英光傑作選
オリンポスの果実／さようなら 他

田中英光
編／西村賢太

オリンピックに参加した自身の体験を描いた「オリンポスの果実」、晩年作の「さようなら」など、珠玉の6篇を厳選。太宰の墓前で散った無頼派私小説家・田中英光。その文学に傾倒する西村賢太が編集、解題。

藤澤清造短篇集
一夜／刈入れ時／母を殺す他

藤澤清造
編校／西村賢太

貧窮と性病、不遇と冷笑の中で自らの〝文士道〟を貫いて書き、無念に散った無頼の私小説家・藤澤清造。その作品群から歿後弟子・西村賢太が新発見原稿を含む13篇を厳選、校訂。不屈の文学の魅力を伝える。

泣く大人

江國香織

夫、愛犬、男友達、旅、本にまつわる思い……刻一刻と姿を変える、さざなみのような日々の生活の積み重ねを、簡潔な洗練を重ねた文章で綴る。大人がほっとできるような、上質のエッセイ集。

はだかんぼうたち

江國香織

9歳年下の鯖崎と付き合う桃。母の和枝を急に亡くした、桃の親友の響子。桃がいながらも響子に接近する鯖崎……〝誰かを求める〟思いにあまりに素直な男女たち＝〝はだかんぼうたち〟のたどり着く地とは——。

アンジェリーナ
佐野元春と10の短編

小川洋子

時が過ぎようと、いつも聞こえ続ける歌がある——。佐野元春の代表曲にのせて、小川洋子がひとすじの思いを胸に心の震えを奏でる。物語の精霊たちの歌声が聞こえてくるような繊細で無垢で愛しい恋物語全十篇。

角川文庫ベストセラー

妖精が舞い下りる夜　小川洋子

人が生まれながらに持つ純粋な哀しみ、生きることそのものの哀しみを心の奥から引き出すことが小説の役割ではないだろうか。書きたいと強く願った少女は成長し作家となって、自らの原点を明らかにしていく。

アンネ・フランクの記憶　小川洋子

十代のはじめ『アンネの日記』に心ゆさぶられ、作家への道を志した小川洋子が、アンネの心の内側にふれ、極限におかれた人間の葛藤、尊厳、信頼、愛の形を浮き彫りにした感動のノンフィクション。

刺繍する少女　小川洋子

寄生虫図鑑を前に、捨てたドレスの中に、ホスピスの一室に、もう一人の私が立っている――。記憶の奥深くにささった小さな棘から始まる、震えるほどに美しい愛の物語。

偶然の祝福　小川洋子

見覚えのない弟にとりつかれてしまう女性作家、夫への不信がぬぐえない妻と幼子、失踪者についつい引き込まれていく私……心に小さな空洞を抱える私たちの、愛と再生の物語。

夜明けの縁をさ迷う人々　小川洋子

静かで硬質な筆致のなかに、冴え冴えとした官能性やフェティシズム、そして深い喪失感がただよう――。小川洋子の粋がつまった粒ぞろいの佳品を収録する極上のナイン・ストーリーズ！

角川文庫ベストセラー

みぞれ　重松　清

思春期の悩みを抱える十代。社会に出てはじめての挫折を味わう二十代。仕事や家族の悩みも複雑になってくる三十代。そして、生きる苦みを味わう四十代――。人生折々の機微を描いた短編小説集。

とんび　重松　清

昭和37年夏、瀬戸内海の小さな町の運送会社に勤めるヤスに息子アキラ誕生。家族に恵まれ幸せの絶頂にいたが、それも長くは続かず……高度経済成長に活気づく時代と町を舞台に描く、父と子の感涙の物語。

みんなのうた　重松　清

夢やぶれて実家に戻ったレイコさんを待っていたのは、いつの間にかカラオケボックスの店長になっていた弟のタカツグで……。家族やふるさとの絆に、しぼんだ心が息を吹き返していく感動長編！

ファミレス　(上)(下)　重松　清

妻が隠し持っていた署名入りの離婚届を発見してしまった中学校教師の宮本陽平。料理を通じた友人である、一博と康文もそれぞれ家庭の事情があって……50歳前後のオヤジ3人を待っていた運命とは？

高校入試　湊　かなえ

名門公立校の入試日。試験内容がネット掲示板で実況中継されていく。遅れる学校側の対応、保護者からの糾弾、受験生たちの疑心。悪意を撒き散らすのは誰か。人間の本性をえぐり出した湊ミステリの真骨頂！

角川文庫ベストセラー

人面瘡
金田一耕助ファイル6
横溝正史

「わたしは、妹を二度殺しました」。金田一耕助が夜半遭遇した夢遊病の女性が、奇怪な遺書を残して自殺を企てた。妹の呪いによって、彼女の腋の下には人面瘡が現れたというのだが……表題他、四編収録。

夜歩く
金田一耕助ファイル7
横溝正史

古神家の令嬢八千代に舞い込んだ「我、近く汝のもとに赴きて結婚せん」という奇妙な手紙と佝僂の写真は陰惨な殺人事件の発端であった。卓抜なトリックで推理小説の限界に挑んだ力作。

迷路荘の惨劇
金田一耕助ファイル8
横溝正史

複雑怪奇な設計のために迷路荘と呼ばれる豪邸を建てた明治の元勲古館伯爵の孫が何者かに殺された。事件解明に乗り出した金田一耕助。二十年前に起きた因縁の血の惨劇とは？

女王蜂
金田一耕助ファイル9
横溝正史

絶世の美女、源頼朝の後裔と称する大道寺智子が伊豆沖の小島……月琴島から、東京の父のもとにひきとられた十八歳の誕生日以来、男達が次々と殺される！開かずの間の秘密とは……？

幽霊男
金田一耕助ファイル10
横溝正史

湯を真っ赤に染めて死んでいる全裸の女。ブームに乗って大いに繁盛する、いかがわしいヌードクラブの三人の女が次々に惨殺された。それも金田一耕助や等々力警部の眼前で——！

角川文庫ベストセラー

金田一耕助ファイル11
首
横溝正史

滝の途中に突き出た獄門岩にちょこんと載せられた生首。まさに三百年前の事件を真似たかのような凄惨な村人殺害の真相を探る金田一耕助に挑戦するように、また岩の上に生首が……事件の裏の真実とは？

金田一耕助ファイル12
悪魔の手毬唄
横溝正史

岡山と兵庫の県境、四方を山に囲まれた鬼首村。この地に昔から伝わる手毬唄が、次々と奇怪な事件を引き起こす。数え唄の歌詞通りに人が死ぬのだ！　現場に残される不思議な暗号の意味は？

金田一耕助ファイル13
三つ首塔
横溝正史

華やかな還暦祝いの席が三重殺人現場に変わった！　宮本音禰に課せられた謎の男との結婚を条件とした遺産相続。そのことが巻き起こす事件の裏には……本格推理とメロドラマの融合を試みた傑作！

金田一耕助ファイル14
七つの仮面
横溝正史

あたしが聖女？　娼婦になり下がり、殺人犯の烙印を押されたこのあたしが。でも聖女と呼ばれるにふさわしい時期もあった。上級生りん子に迫られて結んだ忌わしい関係が一生を狂わせたのだ——。

金田一耕助ファイル15
悪魔の寵児
横溝正史

胸をはだけ乳房をむき出し折り重なって発見された男女。既に女は息たえ白い肌には無気味な死斑が……情死を暗示する奇妙な挨拶状を遺して死んだ美しい人妻。これは不倫の恋の清算なのか？